거룩한 유산

자녀에게 들려주는 '인생 항해술' 100선(選)

자녀에게 무엇을 물려줄까?

돈, 재산을 떠올리기 보다
꼭 전해 주고 싶은 부모의 마음
그 마음속에 반짝이는 보석들…

W E S

거룩한 유산

자녀에게 들려주는 '인생 항해술' 100선(選)

오석원 지음

좋은땅

들어가는 말

애야,

네가 집을 떠난 지 벌써 3년이 다 되어 가는구나. 외국이라는 낯선 땅에서 혼자 하루하루를 보내고 있을 너를 떠올리면, 엄마 아빠 마음은 늘 짠하다. 잘 지내고 있는지, 밥은 거르지 않는지, 혹시 마음 상한 일은 없는지… 매일같이 궁금하고 신경이 쓰인다.

가끔 네 방문을 열어 보면, 텅 빈 너의 자리가 유난히 크게 느껴진다. 그때마다 "함께 살 때 조금 더 따뜻하게 해 줄걸, 조금 더 많은 이야기를 나눌걸." 하는 마음이 스치곤 한다. 부모라는 게 다 그런가 보다 싶은데, 그래도 막상 그 생각이 들면 마음 한구석이 헛헛해지곤 한다.

돌아보면 우리가 한 집에서 오랫동안 함께 살았으면서도, 정작 삶에 양식이 되는 이야기는 별로 나누지 못한 것 같다. 엄마 아빠가 해 주고 싶은 말도 많았고, 너한테 남기고 싶은 이야기도 많았는데, 바쁘다는 일상을 핑계로 매번 뒤로 미뤘던 것 같구나.

    부모와 자식은 혈육의 인연으로 이어진 사이라 그런지, 어떤 부모든, 자기 자식이 세상을 조금 더 지혜롭게, 조금 더 넉넉하게 살아가길 바라는 마음을 자연스럽게 품게 된다. 물질이든 마음이든, 부모는 늘 자식에게 남겨 줄 무언가를 준비하며 살아가는 존재가 아닐까 싶다.

    그래서 아빠가 이 책을 쓰게 되었다.

    아빠가 살아오면서 보고 듣고 느낀 이야기들, 기자로 일하면서 만났던 수많은 사람들의 삶, 그 속에서 얻은 생각과 깨달음들을 차분히 정리해서 남겨 두고 싶었단다.

    사랑하는 애야,

    흔히들 인생을 배를 타고 먼바다를 향해 나가는 항해에 비유하곤 하지. 바다는 늘 잔잔하지 않고, 날씨는 예고 없이 바뀐다. 어떤 날은 바람이 등을 밀어주는가 하면, 어떤 날은 파도가 배를 삼킬 듯 덮쳐 오기도 하지. 그럴 때 중요한 건 배가 얼마나 크냐가 아니라, 항해술을 얼마나 제대로 익혔느냐란다.

지도 없이 바다에 나선 배는 방향을 잃기 쉽고, 바람만 믿고 가다 보면 엉뚱한 곳으로 흘러가게 되지. 항해술이란 거창한 게 아니야. 나침반을 보는 법, 별자리를 읽는 법, 바람의 방향을 느끼는 감각 같은 거지. 인생으로 말하면 스스로의 기준, 판단력, 사람을 보는 눈, 그리고 감정을 다스리는 힘이야.

어부들이 말하길, 폭풍을 피하는 법보다 폭풍을 만났을 때 배를 세우는 법이 더 중요하다고 하더구나. 삶도 그래. 고난과 시련을 완전히 피할 순 없지만, 준비된 사람은 파도에 휩쓸리지 않는다. 항해술을 익힌 사람은 속도를 늦출 줄도 알고, 잠시 닻을 내릴 줄도 안다.

그러니 얘야, 서두르지 말고 삶의 항해술부터 차근차근 익혀라. 그 기술들이 네가 가고자 하는 목적지까지 안전하게 잘 데려다줄 거야. 바다는 넓고 길은 멀지만, 준비된 배는 결국 원하는 항구에 닿기 마련이니까.

거룩한 유산

　이 '인생 항해술'에는 아빠가 전하고 싶은 수많은 메시지 가운데 100편을 골라, 쉽게 이해할 수 있도록 편지 형식으로 담았다.

　책 제목은 너에게 물려줄 그 어떤 유산보다도 '값지고 고귀'하길 바라는 마음에서 『거룩한 유산』이라 지었고. 부디 너에게도 '거룩하게' 받아들여지길 바란다.

　그리고 먼 훗날, 엄마 아빠를 더 이상 곁에서 볼 수 없는 날이 오더라도, 이 책 속 메시지들이 오래도록 너의 가슴을 울리는 메아리로 남기를 소망한다.

　아직 겨울이라 바람 끝이 매섭구나.
　외출할 땐 꼭 목도리를 두르렴.

　　　　　　　　　　　　　　　　　　　　　　　　　　　2026년 2월

　　　　　　　　　　　　　　　　　　　　　　　　언제나 너의 편인 아빠가

차례

때를 아는 게 지혜

어떻게 볼 것인가?

관계 속에 해답이

결국은 마음 다스리기

즐기는 자가 이긴다

때를 아는 게 지혜

'언제 한번'은 때가 없다

애야, 우리가 일상에서 "언제 한번 보자", "언제 밥 한번 먹자", "언제 함께 운동하자" 같은 말을 참 쉽게 하잖니. 듣기에는 친절하고 호의처럼 보이지만, 사실 그 말 속에 '언제 한번'이라는 시간은 현실 어디에도 없어. 카렌다에도 없고, 시계에도 없단다. 말하는 순간에는 진심이 조금 섞여 있을지 몰라도, 그 말만으로는 단 하나의 변화도 일어나지 않아. 그래서 그런 말은 약속이라기보다, 대화를 부드럽게 끝내기 위한 관성에 가까운 표현일 때가 많지.

'언제 한번'이라는 말은 신기루랑 참 닮았어. 멀리서 보면 뭔가 있는 듯 선명하지만, 막상 다가가 보면 텅 비어 있지. 예전에 읽은 어느 심리학 책에 "**사람은 애매함 속에서 책임을 피하고, 구체성 속에서 진심을 증명한다**"고 했는데, 바로 이런 말들을 두고 하는 이야기일 거야. 우리는 분위기를 깨고 싶지 않아서, 혹은 구체적인 날짜가 떠오르지 않아서 애매한 표현으로 넘겨 버리곤 하지.

하지만 애야, 정말 만나고 싶은 사람이 있다면, 혹은 관계를 제대로 이어 가고 싶다면, 이 모호한 말은 아무런 힘이 없어. 진짜 약속은 마음속 의지로만 존재하는 게 아니라, 다이어리의 한 칸을 차지하는 순간부터 비로소 움직이기 시작하거든. 작가 톰 피터스가 "**일정에 넣지 않은 일은 존재하지 않는 것과 같다**"고 말한 것도 같은 맥락이야.

거룩한 유산

예를 들면 이런 거지.

"내일 점심 어때?"

"이번 주말에 시간 되면 찾아뵐게요."

"다음 주 화요일 저녁에 운동하자."

이렇게 구체적인 시간으로 내려와야 약속은 비로소 실체를 갖게 돼. 날짜를 정하고, 시간을 잡고, 그 약속을 위해 하루의 흐름을 조정하는 순간, 관계는 말의 단계에서 행동의 단계로 넘어가는 거야. 마치 씨앗이 땅에 심겨야만 싹이 트듯, 관계도 현실의 시간 위에 내려와야 자라기 시작한단다.

결국 '언제 한번'이라는 말은 가볍고 편하지만 실체 없는 말이야. 상처가 되는 말은 아니지만, 그렇다고 관계를 깊게 해 주는 말도 아니지. 네가 누군가와 진짜 인연을 이어 가고 싶다면, 그리고 네 마음을 제대로 보여 주고 싶다면 애매한 말 대신 구체적인 행동을 선택해야 해. 시간을 묻고, 날짜를 정하고, 실제로 움직여 보는 것 — 그게 진짜 관계를 쌓는 일이란다.

기억하렴.

입버릇처럼 나오는 '언제 한번'은 말 속에서만 존재할 뿐, 우리가 살아가는 실제 시간 속에는 존재하지 않는다는 걸. 마음을 주고 싶은 사람에게는 '**언젠가**'가 아닌 '**언제**'를 주어야 한다는 걸 말이다.

가끔은

애야, 사람이 살다 보면 가끔 아무 이유 없이 엉뚱한 생각들이 스쳐 지나갈 때가 있어. 강아지도 주인을 그리워하는 꿈을 꾸는지, 바람에 흔들리는 갈대는 바람을 미워하는지, 새들은 하늘을 가르며 날아오르면서 이미 어디에 앉을지 마음속에 비밀스러운 자리를 하나쯤 정해 두는 건지… 문득 그런 것들이 궁금해질 때가 있단다. 꽃들이 스스로 얼마나 아름다운지 알고 피어나는 건지, 또 정말 천국이라는 게 있다면 인간의 말로는 다 설명할 수 없는 어떤 모습일지 상상해 보기도 하고 말이야.

사람 사이의 사랑도 그래. 사랑하는 두 사람 중 누가 더 깊이 사랑하는 걸까, 만약 투명 인간이 되어 하루를 보낼 수 있다면 어떤 모습들이 눈앞에 드러날까… 별것 아닌 것 같지만 그런 생각도 다 마음의 질문이야. 가끔은 톨스토이가 말한 **"위대한 생각은 마음속의 조용한 순간에 찾아온다"**는 것처럼, 엉뚱해 보이는 상상 하나가 오히려 마음 깊은 곳의 진짜 감정을 건드릴 때도 있거든.

좀 더 멀리 가 볼 때도 있지. 내가 언제 죽을지 미리 알 수 있다면 오늘 하루를 어떻게 보낼까? 한 달 뒤 갑자기 남북한이 통일된다면 사람들의 생각은 어떻게 달라질까? 어쩌면 이런 질문들은 현실적이지도 않고, 말이 되는 것도 아니고, 누군가에겐 철없는 소리처럼 들릴 수도 있어. 하지만 바로 그래서 더

거룩한 유산

소중한 거야. 우리는 매일 정답을 찾아야 하고, 판단해야 하고, 책임져야 하잖아. 머릿속은 해야 할 일로 가득하고 마음도 늘 어딘가 무겁지.

그러니 삶에서는 가끔, 정말 가끔은 아무 쓸모도 없어 보이는 상상이 꼭 필요해. 계산하지 않고, 따지지 않고, 논리의 틀에 맞출 필요도 없이 그냥 떠오르는 대로 품어 보다가 바람처럼 흘려보내도 되는 그런 상상 말이야. 아인슈타인이 **"상상력은 지식보다 중요하다"**고 했던 것도, 어쩌면 이런 이유에서일 거다. 상상은 정답을 찾는 일이 아니라 마음을 숨 쉬게 하는 일이니까.

말도 안 되는 상상 하나가 생각보다 크게 우리를 바꿔 줄 때도 있어. 물론 현실을 살아가려면 이성도 필요하고 균형도 필요하지. 하지만 삶을 풍성하게 만들어 주는 건 때때로 찾아오는 '터무니없는 상상들'이야. 겉으로 보기엔 쓸모없어 보일지 몰라도, 그게 마음을 자유롭게 하고, 창조적으로 만들고, 때로는 새로운 길을 떠올리게 하는 씨앗이 되기도 하지.

그러니 얘야, 가끔은 묻지도 말고 따지지도 말고, 굳이 이유를 찾지 말고 떠오르는 상상을 그냥 그대로 품어 봐. 잠시 현실의 무게를 내려놓고 목적지도 없는 상상의 길을 따라가 보렴. 그 잠깐의 시간 동안 세상은 조금 더 넓어지고, 네 마음은 분명 한결 가벼워질 거야.

때가 되면

애야, 인생은 자연과 참 많이 닮아 있는 것 같다.

때가 되면 봄이 오고, 봄이 오면 꽃이 피고, 꽃이 피면 결국 열매가 맺히지. 자연은 한 번도 서두르지도, 괜히 늦추지도 않아. 스스로의 때를 따라 묵묵히 움직일 뿐이야. 얼어붙었던 땅도 따뜻한 바람이 스치면 서서히 녹기 시작하고, 겉으로는 아무 일 없는 것처럼 보여도 어느 순간 가지 끝에 부드러운 색이 올라오는 순간이 찾아오지. 이게 자연이 가진 고요한 질서고, 우리에게도 **"너희 삶에도 이런 리듬이 있다"**고 말을 건네는 것 같아.

성경에서도 **"천하에 범사가 기한이 있고, 모든 목적이 이룰 때가 있다"**고 했지. 정말 그래. 아무리 서둘러도 시간이 빨리 흐르지 않고, 아무리 미뤄도 시계가 멈춰주지 않아. 우리가 아무리 의지와 노력을 쏟아도 '때'라는 큰 흐름을 뛰어넘을 순 없어. 공자가 말한 **"때를 알면 근심이 없다"**는 말도 결국, 사람은 흐름을 거슬러 살기보다는 흐름을 읽으며 살아야 한다는 뜻이 아닐까.

인생도 마찬가지야. 때가 되면 올 건 오고, 갈 건 가. 붙잡으려 해도 떠날 사람은 떠나고, 피하려 해도 만날 사람은 결국 만나게 돼. 이루어질 인연은 자연스럽게 길을 찾아오고, 무너질 관계는 애써 붙잡아도 어느 순간 조용히 무너져.

거룩한 유산

그러니까 얘야, **때는 반드시 온다는 걸 의심하지 마라.** 때를 믿는 사람은 조급함 대신 준비에 더 집중하고, 기다리는 동안에도 자신을 차분히 단련할 줄 알아. 기다린다는 건 아무것도 하지 않는 게 아니라, 때가 왔을 때 흔들리지 않도록 힘을 차곡차곡 채우는 과정이란다.

준비되지 않은 채로 맞이한 기회는 버겁기 마련이지만, 준비된 마음으로 맞는 순간은 그 사람을 단단하게 만들고 삶을 한 단계 끌어올려 줘. 대나무가 몇 년 동안 땅속에서 아무 변화 없는 것처럼 보이지만, 어느 순간 폭발적으로 자라나는 것도 결국 '자라날 때를 묵묵히 준비했기 때문'이란 이야기가 있지 않니. 사람도 마찬가지야.

그리고 때가 왔을 때는 담담히 받아들이는 태도도 중요해. 기쁠 때는 감사히 누리고, 아플 때는 괜히 억지로 참지 말고 흘러가게 두는 거야. 기쁨도 슬픔도 다 인생이라는 긴 여정의 한 장면이고, 그 장면들을 지나며 너라는 사람은 더 깊어지고 견고해지지.

결국 인생은 큰 강물처럼 '때'라는 흐름을 따라 흘러가. 우리가 노를 저어 방향은 잡을 수 있지만, 강물의 흐름 자체를 바꾸진 못하지. 그 흐름을 잘 읽고, 그 안에서 최선을 다하는 사람이 진짜 지혜로운 사람이야. "물은 흐르되 다투지 않는다"고 했듯, 흐름을 거스르지 않고 그 안에서 자신을 준비하는 사람이 결국 자신의 봄을 맞이하게 되리라.

달라져야 하는 이유

애야, 우리가 달라져야 하는 이유는 사실 아주 단순하고도 분명하단다. 흘러간 물이 다시 방아를 돌릴 수 없듯, 지나가 버린 시간과 기회는 두 번 다시 돌아오지 않는다는 걸 우리는 이미 수없이 경험하며 살아왔지. 그런데도 사람은 자꾸 지금 있는 자리, 익숙한 자리에서 머무르려 하고, 그 자리의 온도에 안주하려 하지. 그러나 거기에만 머물면 결국 '중간'이라는 안전해 보이지만 가장 위험한 구역에서 평생 벗어나지 못할 수도 있어.

아무리 화려하게 피어난 봄꽃도 그 모습만 고집하면 열매를 맺을 수 없듯이, 사람도 멈춰 있으면 성장할 수 없단다. 변화는 우리가 선택해서 초대하는 손님이 아니라, 삶의 한가운데 이미 자리 잡고 있는 본질 같은 거야. 세상을 조금만 들여다보면 이 사실을 더 선명하게 알 수 있지. 우주는 지금 이 순간에도 팽창하고 수축하며 끊임없이 형태를 바꾸고, 자연은 태어남과 사라짐을 끊임없이 반복한단다. 만들어지고, 부서지고, 합쳐지고, 나뉘고, 무너지고, 다시 세워지는 움직임이 동시에 일어나지. 결국 이 세상을 움직이는 근본 원리, 그 질서 속에서 변하지 않는 건 오직 '변화'뿐이야.

그리스 철학자 헤라클레이토스가 "세상 만물은 흐른다"고 말한 것도 같은 맥락이지. 세상은 가만히 있는 듯 보이지만, 그 안의 모든 것은 쉼 없이 흘러가고 있어. 그러니 변화는 선택이 아니라, 우리도 따라야만 하는 흐름이자 세상

거룩한 유산

의 리듬이야.

샤넬이라는 디자이너도 이렇게 말했단다. "무엇과도 바꿀 수 없는 존재가 되려면, 늘 달라져야 한다." 이 말은 단순히 겉모습을 바꾸라는 뜻이 아니야. 스스로를 늘 새롭게 만들고, 익숙한 껍데기를 깨는 용기를 가지며, 세상을 바라보는 눈도 조금씩 넓혀 가라는 의미지. 특별한 사람이 되고 싶다면 결국 자기 한계를 넘어서는 변화를 피할 수 없다는 이야기야.

만약 우리가 어제와 똑같은 생각, 똑같은 행동, 똑같은 습관만 반복한다면 아무것도 달라질 수 없어. 변화에는 늘 약간의 두려움과 불편함이 따라오기 마련이지만, 그걸 딛고 한 걸음 내디디는 순간부터 '성장'이라는 열매가 비로소 익어가기 시작한단다. 아주 작은 변화라도 삶의 흐름을 다시 움직이게 만들고, 방향을 완전히 바꾸어 놓기도 해. 우리가 바라는 내일은 언제나 그 변화의 문 너머에서 기다리고 있지.

그래서 아빠는 늘 생각한단다. "변화는 선택이 아니라 필연이구나." 더 나은 삶을 꿈꾼다면, 더 의미 있는 하루를 살고 싶다면, 우리 모두 달라져야 해. 흐르는 강물처럼 멈추지 않는 마음, 계절을 준비하는 나무처럼 때를 기다리며 스스로를 다듬는 태도, 그리고 닫힌 문을 조금이라도 열어 보려는 용기. 이런 것들이 결국 변화가 우리에게 주는 선물이자 자산이 되지 않겠니.

기회는 말한다

◆

애야, 사람들은 오래전부터 이런 말을 해 왔어.

기회란 멀리 있는 것이 아니라 늘 우리 눈앞에 있고, 특별한 사람에게만 주어지는 것도 아니라는 말이지. 기회는 두 번 문을 두드리지도 않고, 크게 소리 내며 자신을 드러내지도 않아. 아주 조용히, 꼭 맞는 순간에 다가왔다가 우리가 잠시 딴생각을 하는 사이에 슬그머니 사라지기도 하지. 옛 그리스 속담에 이런 말도 있단다. **"기회(Kairos)는 앞머리만 있고, 뒤통수는 대머리다."** 앞에서 다가올 때 잡지 못하면, 뒤로 지나간 뒤엔 붙잡을 손잡이가 없다는 뜻이지.

하지만 흔히 말하는 평범한 사람은 기회가 "언젠가는 오겠지" 하며 막연히 기다리기만 해. 준비도 없고 행동도 없으면서 말이야. 반면에 현명한 사람은 기회가 오기 전에 이미 움직이고 있어. 작은 신호에도 귀를 기울이고, 마음의 문을 열어 두고, 기회가 눈앞에 나타나는 순간 주저 없이 손을 뻗지. 결국 기회는 능력이 많아 보이는 사람보다, **이미 준비되어 있는 사람을 더 좋아하는 법**이 아닐까. 토머스 에디슨도 "기회는 일처럼 보이는 옷을 입고 온다"고 하지 않았니. 준비되지 않은 사람에겐 그저 귀찮아 보이기만 한다는 뜻이지.

기회는 이런 속삭임도 남긴다고 하더구나. **"내가 앞문을 두드릴 때, 너는 뒤뜰에서 네 잎 클로버만 찾고 있지 마라."**

거룩한 유산

행운이라는 이름의 네 잎 클로버만 찾아다니다 보면 정작 눈앞에서 벌어지는 가능성을 보지 못하게 된다는 말이지. 많은 사람들이 '운이 좀 따라 줬으면' 하고 한숨을 쉬지만, 정작 지금 손 닿는 곳에 있는 기회는 못 본 채 스쳐 지나가. 우연히 굴러 들어오는 행운을 기다리는 동안, 기회는 이미 다른 문으로 돌아서 가 버리곤 하지. 기억했으면 좋겠다. 기회란 '우연한 행운'이 아니라, **지금 이 순간 안에 숨어 있는 가능성**임을 말이야.

그리고 기회가 언제나 선물 상자처럼 예쁘고 반짝이는 모습으로 찾아오는 것도 아니야. 때로는 무거운 책임, 불편한 선택, 부담스러운 도전처럼 위장하고 찾아오지. 많은 성공한 사람들의 이야기를 들어보면, 처음엔 '피하고 싶던 일'이 나중엔 인생의 전환점이 되었다고 고백하더구나. 그래서 진짜 기회를 알아보는 눈은 지혜만으로는 부족하고, **용기와 성찰이 함께해야 할 때 생긴다**는 사실을 잊지 않았으면 해. 같은 상황이라도 어떤 사람에게는 시련이 되고, 또 어떤 사람에게는 성장의 문이 되지. 그 차이가 바로 기회를 붙잡는 힘이란다.

애야, 기회는 오늘도 네 곁을 지나가고 있을 거야.
그걸 알아차리는 감각, 손을 뻗어 잡을 용기, 그리고 주저하지 않을 준비된 마음… 이 세 가지가 너를 한 단계 더 성장하게 해 줄 거다. 로마의 철학자 세네카는 "기회란 준비와 상황이 만나는 지점에서 탄생한다"고 했어. 너도 항상 준비된 사람으로 그 자리에 서 있기를 바란다.

새벽이 오면

———— ◆ ————

　오늘은 '새벽'을 주제로 삼아 이야기를 해 보려 한다. 새벽이 오면 우리는 또 한 번 새로운 시간을 맞이하게 되지. 새벽이라는 시간은 누구에게나 똑같이 찾아오는 순간이기에. 기다린다고 빨리 오지도 않고, 붙잡는다고 머물러 있지도 않아. 눈을 뜨면 자연스럽게 다가오고, 아무도 막을 수 없는 그 조용하고도 분명한 순간이 찾아오는 거지. 새벽은 특별한 사람만 누릴 수 있는 무슨 비밀스러운 시간이 아니라, **너와 나, 그리고 모든 사람에게 주어진 새로운 시작의 문**과도 같은 시간이야.

　새벽은 하루 중 가장 오염되지 않은, 가장 깨끗하고 고요한 순간이기도 하지. 세상이 아직 완전히 깨어나기 전이라 사람들의 소란이나 분주함도 없고, 마음을 정리하고 생각을 정리하기에 가장 좋은 시간이란다. 그 고요함 속에서 오늘 하루를 어떻게 살아갈지 잠시 생각해 보고, 이루고 싶은 꿈을 다시 꺼내 볼 수도 있어. 누구의 방해도 받지 않고, 네 마음속 깊은 곳과 솔직하게 마주할 수 있는 시간이 바로 새벽이란다.

　사람마다 새벽을 맞이하는 태도는 조금씩 달라. 어떤 사람은 새벽을 기다리며 설레는 마음으로 맞이하고, 또 어떤 사람은 그저 지나가는 시간 정도로 흘려보내지. 어떤 이에게는 새벽이 거의 느껴지지 않는, 없는 것이나 마찬가지인 시간이기도 해. **새벽을 소중히 여기느냐, 그냥 흘려보내느냐에 따라 하루의

거룩한 유산

시작과 마음가짐이 달라진다**는 걸 기억해라.

나는 가끔 새벽이 이렇게 말하는 것 같아. **"네가 나를 소중히 여긴다면, 나도 너를 더 소중한 사람으로 만들어 줄게."** 실제로 많은 사람들의 아침 루틴에서 새벽 시간을 활용한 이들은 하루를 훨씬 깊고 풍요롭게 시작할 수 있었다고 하지. 잠시 혼자만의 시간을 갖고, 자신과 대화하며, 맑은 공기를 느껴 보는 사람에게 새벽은 그저 시간이 아니라 하나의 선물이 되지.

그러니 애야, 새벽을 맞이할 때 그냥 눈을 뜨고 바쁘게 하루를 시작하려 하지 말고, 그 시간의 의미를 마음에 담아 보렴. 잠시 멈춰 생각을 정리하고, 마음을 다스리고, 오늘 하루 감사한 일과 작은 다짐을 떠올려 보는 거야. 새벽은 잠깐 머물다 사라지지만, 그 짧은 순간이 주는 선물은 하루를 넘어 네 삶 전체로 번져 간단다.

새벽이 오면 그 시간을 소중히 여기고, 네 자신을 존중하듯 하루를 시작해라. 그러면 새벽도 너를 더 단단하고 귀한 사람으로 만들어 줄 거야. 그 고요하고 순수한 시간 속에서 오늘의 너를 만나고, 앞으로의 하루를 새롭게 설계하는 법을 배우게 될 거란다. 새벽은 결국, 우리에게 삶을 다시 바라보고 새롭게 출발할 수 있는 **소중한 선물 같은 시간**이니까. 그렇다고 부족한 잠을 양보해 가며 새벽을 위해 몸을 '희생'하지는 마라.

나이가 들면

애야, 나이가 들면 자연스럽게 익숙한 것에서 편안함을 느끼게 된단다. 어릴 때는 새로운 사람, 새로운 노래, 새로운 경험이 참 설레지. 신기한 건, 심리학자들도 "새로움은 젊을수록 강하게 끌리고, 익숙함은 나이가 들수록 깊게 스며든다"고 말하더구나. 그래서 시간이 지나면 오히려 오래 알고 지낸 것들에서 더 큰 위로와 안정감을 찾게 되는 거야.

노래도 그래. 처음 듣는 노래보다 이미 알고 있는 노래가 훨씬 마음에 와닿지 않니? 곡조를 정확히 몰라도, 가사를 다 외우지 못해도 그 노래가 흐르면 예전에 느꼈던 감정과 기억이 스르르 떠올라 마음 한켠이 따뜻해지는 순간이 있잖아. 한 음악가는 "노래는 시간을 담는 상자"라고 했는데, 그래서 오래된 노래일수록 마음을 더 깊이 어루만져 주는 것인지도 모른다.

사람도 똑같단다. 나이가 들수록 새로운 사람보다 오래 알고 지낸 사람, 속마음까지 이해해 주는 사람이 더 편하고 더 반가워져. 말을 많이 하지 않아도 서로 마음이 닿고, 괜히 설명하지 않아도 알아주는 사람… 이런 인연은 시간이 만들고 진심이 지켜 내는 귀한 관계야. 어느 작가는 "깊은 관계란 말이 줄어들수록 마음의 거리가 가까워지는 것이다"라고 했지.

의자를 한번 떠올려 보렴. 등을 기대고 푹 쉴 수 있는 의자가 훨씬 편하잖

거룩한 유산

아? 그처럼 사람도 마음을 기댈 수 있는 사람이 곁에 있으면 삶이 훨씬 부드럽고 안정돼. 기댈 곳 없는 관계는 늘 긴장되고 불편해서 자연스럽게 거리가 멀어지기 마련이란다. 누군가는 이런 얘기도 했어. "**편안한 사람 곁에 있을 때 비로소 나는 내가 된다**"고.

길가에 핀 작은 꽃 하나에도 우리는 잠시 발걸음을 멈추고 눈길을 주게 되지. 그냥 지나치는 것과, 꽃향기를 잠시라도 느껴 보는 것의 차이는 정말 커. 사람도 그래. 찾아 주고 관심을 보여 주는 것만으로도 그 마음은 고마움으로 돌아오고, 누군가 내 안부를 물어 줘서, 작은 일 하나 기억해 줘서 기분이 따뜻해지는 순간들이 참 많단다. 일본의 한 작가는 "**사람의 마음은 아주 작은 온기에도 반응한다**"고 했지.

결국 나이가 든다는 건 단순히 시간이 흐르는 게 아니라, 익숙함을 통해 편안함을 배우고, 사람의 본질을 알아가는 과정이란다. 익숙한 노래가 더 좋고, 편한 의자가 더 좋듯이, 사람도 마음을 기댈 수 있고 따뜻함을 나눌 수 있는 사람이 더 소중하게 느껴지는 법이지. 시간이 쌓일수록 작은 것에서 더 큰 따뜻함을 느끼고, 오래된 것 속에서 진정한 가치를 발견하며, 사람을 향한 감사와 애정도 더 깊어지게 되지.

애야, 앞으로 살면서 너도 이런 것들을 하나씩 느끼고 깨닫게 될 거야. 그 과정에서 조급해하지 말고, 너 자신과 주변의 소중한 사람들을 천천히, 그리고 깊이 바라보렴.

태풍이 닥치면

태풍이 몰아치면 세상이 한순간에 요동치지. 그때 나무들도 모두 똑같이 반응하는 게 아니란다. 어떤 나무는 뿌리를 깊게 내리고 곧은 자세로 버티려 하고, 또 어떤 나무는 바람에 몸을 맡기듯 유연하게 흔들리며 태풍을 흘려보내지. 사람도 위기를 마주했을 때 이 두 가지 모습처럼 제각각의 태도를 보이곤 해. 같은 상황 앞에서도 누구는 버티고, 누구는 흔들리면서도 새로운 길을 찾지.

소나기가 쏟아질 때를 생각해 보렴. 대부분의 동물들이 본능적으로 안전한 장소로 숨지만, 모든 동물이 그렇게만 행동하는 건 아니야. 어떤 새들은 빗속에서도 먹잇감을 찾기 위해 과감히 날아올라. 실제로 아프리카의 몇몇 사냥새들은 비가 내리는 동안 땅에 내려앉은 곤충들을 찾아 더 많은 먹이를 확보한다고 해. 혼란 속에서도 기회를 발견하는 셈이지. 위기라고 해서 오직 두려움만 있는 건 아니란다.

사람들의 삶에서도 이런 모습은 자주 드러나. 주말 도로가 막히는 건 누구나 예상하지만, 대부분은 느긋하게 준비하며 그 상황을 받아들이지. 그런데 어떤 사람은 새벽같이 움직여 여유를 만들고, 또 어떤 사람은 미리 계획을 세워 혼잡을 피해 가곤 해. 같은 현실을 마주해도 기다리는 사람과 먼저 움직이는 사람의 결과는 크게 달라지지. 작은 선택이 큰 차이를 만든다는 말은 이런

거룩한 유산

일상적인 사례 속에서 더욱 분명하게 느껴지지.

고난과 어려움이 찾아오면 사람의 태도는 더 뚜렷하게 갈린단다. 많은 이들은 위기를 피하려 하고, 상황이 지나가길 기다리지만, 또 어떤 이들은 그 속에서 자신을 단련하며 새로운 길을 개척해. "위기는 성장의 다른 이름이다"라는 말처럼, 역사 속 많은 인물들은 어려움 속에서 더 빛났어. 예를 들어 에디슨은 수천 번의 실패를 겪으면서도 "나는 실패한 것이 아니라, 잘 안 되는 방법을 찾아낸 것뿐"이라고 말하며 그 순간을 성장의 기회로 삼았지.

자연과 사람의 모습을 가만히 바라보면, 우리는 어떤 혼란이나 위기 속에서도 태도를 선택할 수 있다는 사실을 깨닫게 돼. 태풍, 폭우, 길 막힘, 수많은 난관들은 분명 우리를 시험하는 요소지만, 그 속에서 어떻게 반응하느냐는 결국 자신의 몫이야. 나무처럼 단단히 버틸 수도 있고, 유연하게 흔들릴 수도 있으며, 동물처럼 숨어 있다가 기회를 엿볼 수도 있지. 사람도 두려움 앞에서 멈춰 설 수도 있고, 용기를 내어 새로운 길을 열어 갈 수도 있는 거란다.

결국 중요한 건 상황 자체가 아니라, 그 상황을 마주하는 마음가짐이 아닐까. 위기는 누구에게나 오지만, 그 속에서 기회를 발견하고, 흔들리되 무너지지 않으며, 때로는 흔들리면서도 춤추듯 앞으로 나아가는 사람도 있어. 세상에는 바람도 불고 폭우도 내리고, 길이 막힐 때도 있겠지만, 그런 순간일수록 어떤 태도를 갖느냐에 따라 너를 더 성장하도록 만들어 줄 것이다.

인생은 속도전이 아니다

ㅡ◆ㅡ

    살아 보니 인생은 절대로 속도전이 아니라는 걸 알겠더라. 우리는 흔히 빨리 달리는 사람, 짧은 시간에 많은 걸 이루는 사람이 대단해 보이니까 속도가 중요하다고 착각하기 쉽지. 하지만 인생에서는 속도보다 방향이 훨씬 더 중요하단다. 『앨리스 인 원더랜드』에서 체셔 고양이가 **"어디로 가고 싶은지 모른다면 어떤 길을 택해도 소용없다"**고 한 말처럼 말이다. 욕심과 조급함은 자꾸 속도를 내라고 등을 떠밀지만, 정말 중요한 것은 지금 내가 어디로 가고 있는가 하는 거야.

    속도가 느리다고 해서 인생을 덜 사는 것도 아니란다. 다람쥐는 날쌔게 뛰어다니며 하루 종일 바쁘지만, 달팽이는 느릿느릿 움직여도 자기 생을 다 살아 내지. 옛 우화인 '토끼와 거북이'도 결국 속도의 승리가 아니라 방향과 꾸준함의 승리였잖니. 중요한 건 누가 더 빨랐느냐가 아니라, 끝까지 자기 길을 걸어갔느냐 하는 거야.

    요즘 세상은 너무 '빨리빨리'를 미덕처럼 떠받드는 것 같아. 빨리 배우고 빨리 성취하고 빨리 평가받아야 한다고 등 떠미는 분위기지. 하지만 방향 없이 속도만 내다 보면 결국 엉뚱한 길로 가서 지치기 마련이야. 실제로 많은 이들이 빠른 성취를 좇다가 금세 번아웃(Burnout)을 경험하지. 속도에 쫓기지 말고 네가 어디로 가고 싶은지, 그 길이 네 가치와 맞는지 먼저 천천히 살펴보럼. 방향을 잡는 게 무엇보다 중요하단다.

인생은 단거리 경주가 아니라 마라톤이야. 순간의 속도에 흔들릴 필요도 없고, 남들과 비교하며 조급해할 이유도 없어. 올림픽 마라톤 금메달리스트 킵초게가 "느리게 가도 된다. 중요한 건 멈추지 않는 것이다"고 말한 것도 같은 뜻이지. 너에게 맞는 페이스가 따로 있는 법이고, 그 페이스를 지키는 것이 지혜야.

우리가 진짜 추구해야 할 것은 속도가 아니라 방향과 균형이야. 올바른 방향을 잡고 자신에게 맞는 속도로 꾸준히 나아가는 것이 가장 현명한 삶이지. 잠깐 멈춰서 길을 점검하는 것도 괜찮아. "바쁘다고 중요한 일을 잊지 말라"는 노자의 말처럼, 속도보다 방향을 분명히 하는 것이 훨씬 값지단다.

결국 인생의 성취는 속도에서 나오지 않아. 방향을 잃지 않고 한 걸음씩 나아가는 성실함과 꾸준함에서 나오는 거란다. 느리다고 불안해하지 마라. 오히려 천천히 갈수록 더 많은 걸 보고 배우고, 마음도 단단해지며, 삶이 더 풍요로워질 때가 많단다. 강은 급하게 흐를수록 소리를 내지만, 깊은 강물은 조용히 흘러가듯이 말이야.

세상이 아무리 바쁘게 돌아가도, 애야, 너는 너만의 방향을 잃지 않았으면 한다. 속도보다 방향, 그리고 균형. 이것이 네 인생을 지켜 주는 중요한 원리라는 걸 잊지 마라.

이 또한 지나가리니

살다 보면 정말 많은 순간들을 만나게 되지. 예상치 못한 시험이 갑자기 닥쳐 마음이 무거워질 때도 있고, 아무리 애를 써도 답이 보이지 않아 답답함 속에서 하루하루를 버텨 내야 하는 날도 있을 거야. 어떤 때는 큰일을 앞두고 책임과 부담이 한꺼번에 몰려와, 괜히 숨이 막히는 것처럼 느껴지기도 하지. 그리고 그때마다 자신을 붙잡아 줄 말이 하나 있어. 바로 **"이 또한 지나가리라."**

이 말은 단순히 마음을 달래기 위한 위로의 문장이 아니야. 지금의 고통과 시련이 영원하지 않다는 사실을 조용히 알려 주는, 삶을 오래 살아 본 사람들이 건네는 지혜의 '정수' 같은 말이지. 사막을 건너던 사람에게 "이 길은 끝이 없다"고 말하는 것과, "조금 더 가면 오아시스가 있다"고 말해 주는 건 전혀 다르잖니. 이 말은 바로 후자에 가까워. 지금이 힘들어도, 이 순간이 끝이 아니라는 걸 기억하게 해 주거든.

그런데 애야, 이 말은 힘들 때만 되뇌어야 하는 말이 아니란다. 정상에 올랐을 때, 뜻밖의 큰 기쁨이 찾아왔을 때도 똑같이 마음속으로 말해야 해. **"이 또한 지나가리라."**

기쁨이 오래가지 않는다는 걸 아는 사람은 그 순간을 더 소중히 누리되, 마음이 교만해지지 않아. 성경에도 **"모든 것은 때가 있다"**는 말이 있듯, 삶의 기

거룩한 유산

쁨과 슬픔, 성공과 실패는 모두 계절처럼 우리 곁을 지나가. 봄이 영원하지 않듯, 겨울도 끝나지 않는 법은 없단다.

사람은 감정의 존재라 기쁠 때는 쉽게 들뜨고, 힘들 때는 금세 모든 게 끝난 것처럼 느끼기 쉬워. 하지만 모든 순간이 결국 지나간다는 사실을 받아들이면, 감정에 끌려다니지 않고 한 걸음 떨어져 자신을 바라볼 수 있게 돼. 지금의 고통이 너무 깊어 보일 때도, 시간이 흐르면 그 자리에 또 다른 의미와 경험이 남게 마련이고, 지금의 행복이 너무 커서 붙잡고 싶을 때도, 그 순간을 더 감사한 마음으로 품을 수 있게 되지.

그래서 우리는 기쁨 속에서는 **겸손**을 배우고, 어려움 속에서는 **기다림**을 배우는 거란다. 고대의 현자들도 "지나가는 것을 붙잡으려 할수록 괴로움은 커진다"고 했어. 흘러가는 강물에 몸을 맡길 줄 아는 사람이 오히려 더 멀리, 더 안전하게 나아갈 수 있듯이 말이야.

"이 또한 지나가리라."
이 말을 가슴에 품고 살면 인생의 굴곡을 훨씬 더 너그럽게 받아들일 수 있어. 어떤 상황에서도 쉽게 무너지지 않는 마음의 중심이 생기고, 지금 이 순간을 있는 그대로 바라보는 힘도 함께 자라나지. 이 문장은 인생이 허무하다는 말이 아니라, 그 무상함 속에서도 오늘을 더 성숙하게 살아가라는 조용한 가르침이라는 생각이다.

시간의 정의

애야, 오늘은 시간이라는 주제로 조금 깊이 이야기해 보려 한다. 시간이라는 건 참 신기하고 소중한 존재란다. 우리에게 하루 스물네 시간은, 누구에게나 똑같이 주어지는 가장 공평한 자산이지. 돈은 잃어도 다시 벌 수 있고, 명예는 무너져도 다시 세울 수 있지만, 시간은 한 번 지나가면 절대 되돌릴 수 없어. 그래서 시간은 단순히 흘러가는 흐름이 아니라, 삶을 만들어 가는 가장 근본적인 재료이자, 우리가 선택하고 결정하며 살아가는 모든 일의 바탕이 되는 거란다.

그런데 아이러니하게도 우리는 시간을 지키는 일에는 너무 무심할 때가 많아. 정신없이 하루를 보내거나, 특별한 목적 없이 시간을 흘려보내면서도 우리는 그 소중한 순간을 잃고 있다는 걸 잘 느끼지 못하지. 시간은 도둑맞은 게 아닌데도, 마음이 잡다한 생각이나 의미 없는 행동에 붙들려 있을 때, 손가락 사이로 스르르 빠져나가는 모래처럼 사라져 버려. 그럴 때 깨닫게 되지, 얼마나 시간을 소홀히 했는지.

시간을 지킨다는 건 단순히 경계하고 조심하라는 뜻이 아니야. 지금 내가 무엇을 하고 있는지, 무엇에 마음을 쓰고 있는지 스스로 돌아보는 일이란다. 시간에는 묘한 힘이 있어. 우리가 해결할 수 없던 문제를 천천히 정리해 주기도 하고, 이해하기 어려웠던 감정을 차분하게 만들며, 아팠던 상처를 조금씩

거룩한 유산

아물게 하지. 지나간 순간이 힘들었더라도, 시간이 지나면 그것이 삶의 한 과정임을 받아들이게 되는 것처럼 말이야. 시간은 스스로 치유이고, 정리이고, 때로는 가장 조용한 해답이 돼 주는 존재야.

하지만 또 한 가지, 우리가 쉽게 저지르는 실수가 있어. 바로 작은 일들을 미루는 거란다. 조금만 손대면 끝날 일, 마음만 먹으면 해결할 수 있는 사소한 일들이 자꾸 뒤로 밀리면서 점점 더 큰 부담이 되고, 결국 우리를 더 지치게 만들지. 그것이 바로 시간의 아이러니야. 시간을 어떻게 쓰느냐가 삶의 질을 결정하는 거라고 할 수 있단다.

미국 작가 브라이언 트레이시는 이렇게 말했지. "**시간 관리는 자기 인생을 경영하는 것이다.**" 정말 맞는 말이야. 시간을 아끼고 현명하게 쓰는 사람에게 시간은 결코 도둑이 아니라, 성장과 자유를 가져다주는 가장 든든한 동료가 되거든.

그러니 얘야, 오늘도 너의 시간을 소중히 여기렴. 하루를 무심히 흘려보내는 대신, 지금 이 순간 무엇에 마음을 두고 있는지, 어디에 시간을 쓸지 스스로 잘 생각하며 살아가렴. 작은 선택이 모여 큰 삶을 만드는 법이니까.

시간은 우리를 기다려 주지 않지만, 우리가 시간을 존중할 때 삶은 스스로 더 빛나게 변한단다.

기적은 10분이면 충분하다

애야, 우리는 흔히 기적을 너무 멀리서만 찾으려 한다는 걸 너도 알고 있으리라. 인생을 뒤집는 큰 사건이나 영화 같은 반전이 있어야만 기적이라고 생각하지. 하지만 아빠가 살아 보니, 삶을 진짜로 바꾸는 힘은 거창한 결심이 아니라 아주 사소한 실천에서 시작되더라. 하루 24시간 중 고작 10분. 그 짧은 시간이 쌓여 삶의 방향을 바꾸고, 인생의 결을 바꾸는 씨앗이 될 수 있다. 톨스토이가 말했듯이, "큰 변화는 늘 아주 작은 선택에서 시작된다"는 말이 꼭 맞아.

예를 들어 하루에 10분만 일찍 일어나 보렴. 그 10분 덕분에 하루를 쫓기듯 시작하지 않아도 되고, 마음에 숨 쉴 틈이 생긴다. 급히 옷을 입고 문을 나서는 아침과, 창밖을 한 번 더 바라보며 느긋하게 시작하는 아침은 같은 하루라도 전혀 다른 색을 띠게 되지. 작은 여유가 하루 전체의 분위기를 바꿔 주는 거야.

약속 장소에도 10분만 먼저 도착해 보렴. 서두르지 않아도 되고, 기다리는 동안 생각을 정리할 수 있지. 그 10분은 상대에게는 신뢰가 되고, 너에게는 품격이 된다. "시간을 지키는 사람은 마음을 지킬 줄 아는 사람"이라는 말이 괜히 나온 게 아니란다.

화가 치밀어 오를 때도 마찬가지야. 바로 말하지 말고 **10분만 참아 보렴**. 그 짧은 시간 동안 감정은 한결 가라앉고, 말은 훨씬 부드러워진다. 말이 달라지면 관계가 달라지고, 관계가 달라지면 인생의 풍경도 달라진단다. 하지만 그 10분을 지키지 못해 후회한 경우가 적지 않았던 경험을 아빠는 기억한다.

운동도 꼭 거창할 필요 없어. **10분만 더 걷고**, 10분만 몸을 더 움직여도 충분해. 그 10분이 쌓여 몸을 바꾸고, 몸이 바뀌면 마음도 함께 달라진다. "몸이 가벼우면 생각도 가벼워진다"는 말처럼 말이야.

그리고 애야, 하루에 **10분만 더 웃어 보렴**. 억지로라도 괜찮아. 웃음은 마음의 긴장을 풀어 주고, 사람 사이의 거리를 좁혀 준다. 누군가와 함께 웃는 그 10분이 관계를 살리고, 혼자 웃는 그 10분이 너 자신을 따뜻이 위로해 줄 거야.

하루의 마지막 10분도 소중히 여겨라. 잠들기 전, 오늘을 돌아보며 잘한 건 칭찬하고 부족한 건 다독여 보렴. 기도로 마무리하는 것도 권하고 싶다. 그 시간이 쌓여 너를 더 단단한 사람으로 만들어 줄 거야.

애야, 모든 기적은 처음엔 아주 작다. 하지만 그 작은 10분들이 모여 어느 날 뒤돌아보면, 너는 전혀 다른 곳에 서 있을 거야. 기적은 특별한 날에만 찾아오는 게 아니란다. 오늘 네가 어떻게 쓴 10분 속에서, 조용히 자라고 있는 거야.

뛰어내려라!

◆

애야, 우리는 누구나 알게 모르게 하나의 거대한 열차에 올라탄 채 살아가고 있지 않나 생각된다. 그 열차의 이름은 바로 **도시와 문명**이야. 이 열차는 잠시도 멈추지 않고 앞으로만 달려가지. 더 많이 가지라고 재촉하고, 더 빨리 가라고 등을 떠밀며, 욕망과 소비, 경쟁과 비교를 가득 싣고 쉼 없이 속도를 높이고 있어. 사람들은 "다들 이렇게 사는 거야"라는 말에 안심한 채, 목적지도 모른 채 그 열차에 몸을 실은 것 같아.

하지만 시간이 흐를수록 그 열차는 점점 숨 막히는 공간이 돼. 자리는 없고, 기댈 곳도 없고, 잠시 눈을 붙일 여유조차 허락되지 않는 '입석 인생' 같은 거지. 흔들리는 바닥 위에서 하루하루를 버티다 보면 문득 이런 질문이 고개를 들어 올린단다.
"나는 지금 어디로 가고 있는 걸까?"
"이 속도가 정말 나에게 맞는 걸까?"

도시의 소음과 경쟁의 열기 속에서 우리는 더 행복해지기보다는, 오히려 점점 더 불안해져. 남보다 뒤처질까 봐, 멈추면 실패자가 될까 봐 두려워하며 스스로를 몰아붙이지. 열차 창밖 풍경은 눈부시게 스쳐 가는데, 정작 내 마음은 그 자리에 멈춘 채 갈 곳을 잃어버린 것처럼 느껴질 때도 있을 거야.

거룩한 유산

그래서 인생의 어느 지점에서는 반드시 선택의 순간이 찾아온단다.
이대로 계속 달릴 것인가, 아니면 잠시라도 멈출 용기를 낼 것인가.

많은 사람들은 말할 거야. "참아라, 다 그렇게 산다, 내려오면 위험하다."
하지만 모든 길에서 속도가 정답은 아니란다. 가끔은 더 빨리 가는 것보다,
잠시 멈춰 서서 자기 마음을 바라보는 시간이 훨씬 중요할 때가 있어.

여기서 말하는 '열차에서 뛰어내림'은 무모함이 아니야.
그건 **남이 정해 놓은 기준과 속도에서 한 발 물러나, 내 삶의 운전대를 다시 잡
겠다는 결단**이란다. 모두가 같은 방향으로 몰려갈 때, "나는 잠시 생각해 볼
게"라고 말할 수 있는 용기지. 소비를 멈추고, 비교를 내려놓고, 내 하루의 리
듬을 다시 고르는 선택이야.

예전에 한 선지자가 이런 말을 했단다. "행복은 속도가 아니라 방향의 문제
다." 남들보다 늦어 보여도, 네가 원하는 방향으로 걷고 있다면 그건 결코 실
패가 아니야. 오히려 멈춘 순간부터 비로소 네 마음의 목소리가 들리기 시작
할 거다.

그러니 얘야, 기억하렴. 너는 언제든지 그 열차에서 내려올 수 있어. 그리
고 그 용기 있는 선택은, 언젠가 분명히 **자유와 평온, 그리고 네 이름으로 불릴
수 있는 행복**으로 돌아올 거야.

어떻게 볼 것인가?

인생은 나룻배

 ·◆·

　애야, 인생은 말이야 마치 세월이라는 강을 작은 나룻배 타고 건너는 것과 같다는 생각이 든다. 어디쯤 가면 물살이 거센지, 어디가 깊고 얕은지 우리는 미리 알 수 없어. 지금 내가 강의 어느 지점에 떠 있는지도 사실 잘 모르지. 목적지가 어디쯤일지는 짐작하지만, 그마저도 확신할 수 없고. 헨리 데이비드 소로는 "인생은 오직 한 번뿐인 항해"라고 했어. 지도는 없고 경험만이 나침반이 되는 그 길을 우리 모두 각자의 배로 건너는 거란다.

　강을 건너다 보면 순풍이 불어서 잔잔한 물결 위를 미끄러지듯 지나갈 때도 있어. 마치 모든 일이 뜻밖에 술술 풀리는 시기처럼 말이야. 그런데 또 어느 날은 강이 벼락처럼 변덕을 부리지. 폭풍우에 시야가 흐려지고, 어디로 가야 할지 방향을 잃을 때도 있단다.

　그렇다고 노 젓기를 멈출 순 없어. 세월의 강은 멈추지 않고 계속 흐르거든. 우리가 노를 놓아 버리는 순간, 배는 우리 의지와 상관없이 떠밀려 가 버려. 결국 노를 잡고 앞으로 나아가는 일은 누구도 대신해 줄 수 없는, 스스로 감당해야 하는 삶의 몫이야. 부모도, 친구도, 사랑하는 사람도 대신 젓지 못하는 노가 있는 법이지. 어떤 선장은 "배를 움직이는 건 바람이 아니라 방향을 정하는 사람의 손"이라고 말했어. 인생도 똑같다는 생각이야.

거룩한 유산

살다 보면 잘못된 방향으로 노를 젓는 실수도 하고, 너무 빨리 힘을 써 버려 지쳐 멈춰 설 때도 있을 거야. 혹은 너무 천천히 가다가 중요한 순간을 놓치기도 하지. 그래도 애야, 인생에서 정말 중요한 건 '완벽한 항해'가 아니야. **'멈추지 않는 항해'**가 더 소중하지. 흔들리고 돌아가고, 잠시 정박해 숨을 고르는 것도 자연스러운 일이야. 오히려 물살이 거셀수록 네 손은 더 단단해지고, 험한 물길을 지나고 나면 잔잔한 강물이 얼마나 고마운지 더 깊이 느끼게 되지.

인생의 강에는 정답이 없어. 어떤 사람은 일찍 넓고 험한 강폭을 만나 고생하기도 하고, 또 어떤 사람은 한동안 잔잔한 물길을 지나며 쉬어 갈 수도 있어. 하지만 누구도 평탄한 물만 계속 흐르는 인생을 살 순 없단다. 중요한 건 강물의 흐름을 두려워하기보다, 그 속에서도 네 속도로 꿋꿋하게 나아가려는 마음이야. 바람이 불면 방향을 조금 고쳐잡고, 폭우가 오면 잠시 노를 꽉 잡고 버티는 용기, 그리고 물결이 잔잔해졌을 때 기회를 놓치지 않고 다시 젓는 지혜. 이것이 바로 네가 평생 배워 갈 항해술이야.

인생이라는 강은 지금도 쉼 없이 흐르고 있고, 네 나룻배는 여전히 건너가는 그길 위에 있다. 그러니 흔들리더라도 다시 노를 잡아라. 그것만으로도 너는 이미 계속 앞으로 나아가고 있는 거란다.

'없다'만 알아도

━━━━━━━━━◆◆◆━━━━━━━━━

오늘은 부모로 살아오며 깨달은 것 중 꼭 전하고 싶은 이야기를 너에게 들려주려고 한다. 바로 **'없다'라는 말을 제대로 이해하면 삶이 훨씬 단단해진다**는 사실이다.

세상에는 **그치지 않는 비는 없다.** 아무리 세차게 쏟아져도 결국 멈추고, 그 뒤엔 다시 햇살이 비춘단다. 마크 트웨인은 "비가 그치기를 기다리지 말고, 빗속에서도 춤추는 법을 배워라"라고 했지. 지금 겪는 어려움도 끝없이 이어질 것 같지만, 결국 지나가고, 그 자리에 더 강하게 만드는 무언가가 남는다.

그리고 누구에게나 **고통 없는 인생은 없다.** 상처받고, 실패하고, 마음이 무너질 때가 있는 건 너무나 자연스러운 일이다. 그러나 그 과정에서 사람이 성숙해지고 마음의 깊이가 생기지. 대나무가 폭풍을 견디는 건 강해서가 아니라, 휘어지면서 다시 일어설 줄 알기 때문이란다.

또 기억해야 할 것, **실패를 한 번도 겪지 않은 성공은 없다**는 거다. 에디슨이 "나는 실패한 것이 아니라, 잘 안 되는 방법을 1만 가지 발견한 것뿐"이라고 말한 이유가 바로 여기에 있다. 넘어져 본 사람이 일어서는 법을 알고, 실패해 본 사람이 성공의 가치를 안다. 그러니 실수했다고, 실패했다고 자책하거나 그곳에 오래 머물 필요는 없다.

걱정도 마찬가지야. 걱정한다고 해서 돌멩이 하나 움직이지 못한다. 오히려 마음만 더 무겁게 하지. 어떤 수도승은 "걱정은 과거에서 온 그림자이거나, 미래에서 온 허상"이라고 했어. 그러니 할 수 있는 만큼만 하고, 나머지는 내려놓는 연습을 해 보렴.

그리고 무엇보다 중요한 건 이것이다. **행복은 저축할 수 있는 게 아니다.** "나중에 행복해야지"라고 미뤄 봐야 아무 소용 없다. 행복은 **지금 여기**에서 느끼는 것이다. 따뜻한 아침 햇살 하나, 누군가의 작은 배려, 바쁜 와중에 잠깐 올려다본 하늘의 별빛 — 이런 순간이 바로 행복이다. 덴마크 속담에 "행복은 준비된 사람에게 은밀히 찾아온다"고 했다.

'없다'를 받아들이는 건 **포기하는 것이 아니라, 현실을 바로 보는 용기**다. 불필요한 집착을 내려놓고, 허황된 기대 대신 지금 주어진 순간 속에서 의미를 찾는 것이야말로 지혜로운 삶의 출발점이다. 가진 것이 적다고 불행한 것도 아니며, 계획대로 되지 않는다고 실패한 인생도 아니다. 오히려 그 안에서 무엇을 배우고, 어떤 마음으로 다시 걸음을 내딛느냐가 훨씬 중요하다.

그러니 오늘은 **없는 것만 바라보며 속상해하기보다**, 그 '없음' 속에서 너에게 무엇이 자라고 있는지를 생각해 보렴. 그것이 바로 '없다'를 아는 사람이 갖는 평화이며, 진짜 행복이 시작되는 자리가 아닐까.

아름다움은

━━━━━━ ◆ ━━━━━━

애야, 오늘 문득 '아름다움이란 무엇일까' 하고 생각하다가 너에게 이 글을 쓴다. 우리는 보통 아름다운 것을 보면 그 순간을 오래 붙잡고 싶어 하지 않니? 그런데 진짜 아름다움은 우리가 마음대로 예상하거나 붙잡을 수 있는 게 아니라는 것이다. 비가 갠 뒤 잠깐 나타나는 무지개처럼 말이야. 그 찰나에 스쳐 지나가니까 더 눈부시고, 매일 뒷동산 위에 떠 있다면 아마 너도 나도 그 감동을 느끼지 못할 거야. 아름다움의 신비는 어쩌면 바로 이렇게 짧고 예측하기 어렵다는 데 있는 것 같아.

꽃도 마찬가지지. 활짝 피어 있을 때 그 색과 향기, 순간의 반짝임이 얼마나 멋진지 모른다. 하지만 꽃이 영원히 시들지 않는다면 우리가 지금처럼 감탄할 수 있을까? 아마 무심히 지나치기 일쑤겠지. 꽃이 지는 모습을 보며 우리는 자연스럽게 '아, 이 순간은 다시 오지 않는구나' 하고 느끼고, 그러니까 더 소중하게 보는 거야. 그래서 프랑스 작가 보들레르는 "아름다움은 일시적이기 때문에 영원하다"고 말했는지 모르겠다.

젊음도 비슷해. 젊다는 건 꿈도 많고, 도전하고 싶은 것도 많고, 에너지가 넘쳐서 뭐든 할 수 있을 것 같은 시기잖니. 그런데 젊음이 끝이 없다면 어떨까? 아마 소중함을 느끼지 못하고, 그냥 흘러가는 시간처럼 여겨질지도 몰라. 젊음이 한정되어 있기 때문에, 우리는 그 시기를 더 아끼고, 그 열정 속에서 더 많은 걸 배우려 하는 거지.

우리가 무지개, 꽃, 젊음 같은 것을 보며 '아름답다'고 말하는 이유는, 어쩌면 그게 사라질 수밖에 없다는 걸 알기 때문일 거야. 영원하다면 당연하게 느끼고, 당연하면 감동도 사라지니까 말이야. 아름다움은 딱 그 순간에만 존재하기 때문에 마음을 울리고, 그 순간을 통해 우리가 살아 있다는 걸 가슴 깊이 느끼게 돼.

그러니 아름다운 것을 만났을 때는 꼭 붙잡으려고 애쓰지 않아도 돼. 그냥 그 순간을 충분히 보고, 느끼고, 마음에 담아 두면 그걸로 충분하단다. 잠깐 나타난 무지개도, 짧게 피어 있는 꽃도, 너의 젊음도 모두 그런 의미에서 빛나는 거야. 순간일수록 더 소중하고, 사라질 걸 알기에 더 감사할 수 있는 거지.

스쳐 지나가는 사람의 미소, 늦가을 붉게 물든 나뭇잎, 별과 구름, 해 질 녘의 노을빛… 이런 것들도 모두 오래 머물지 않기 때문에 더 아름답게 느껴지는 거란다. 우리가 붙잡을 수 없으니 더 애틋하고, 그래서 더 마음에 남는 거지.

그러니 애야, 인생에서 아름다운 순간을 만나면 주저하지 말고 마음으로 느껴라. 그 순간이 영원하지 않다고 아쉬워하지 말고, 오히려 그 덕분에 더 깊이 감동할 수 있다는 걸 기억했으면 좋겠다. 아름다움은 결코 오래 머물지 않지만, 우리의 마음속에서는 오래오래 빛날 수 있으니까.

필요한 것은 힘[力]

애야, 우리가 살아가다 보면 수많은 목표와 과제, 시련과 선택 앞에 서게 되지. 그럴 때마다 필요한 힘이 다 다르단다. 그래서 오늘은 너에게 힘에 관한 이야기를 해 보려고 해.

먼저 **학력**은 사회에서 출세하고 어느 정도 위치를 잡는 데 도움이 되는 힘이야. 단지 책을 많이 읽었다고 모든 게 해결되는 건 아니지만, 공부하며 쌓은 지식은 세상을 이해하고 기회를 잡는 데 아주 중요한 밑바탕이 된단다.

하지만 목표를 이루는 데는 **실력**이 더 중요해. 아는 것만으로는 계획이 현실이 되지 않아. 알고 있는 것을 실제로 해낼 수 있는 능력, 그게 바로 실력이야. 예를 들어, 피아노를 잘 치고 싶다면 악보를 아는 것만으로는 충분하지 않아. 손끝으로 음을 만들어 낼 수 있는 실력이 있어야 연주도 가능하고, 감동을 줄 수 있지.

그리고 인생에서 큰 도전이나 새로운 일을 시작하려면 **담력**, 즉 용기가 필요해. 두렵다고만 생각하면 아무것도 못 해. 첫발을 과감하게 내딛는 용기가 있어야 너의 인생도 앞으로 나아갈 수 있단다.

또 하나, **재력**은 단순히 가진 돈의 크기를 말하는 게 아니야. 남을 돕고, 세

거룩한 유산

상을 조금 더 따뜻하게 만드는 데 쓰일 수 있는 큰 힘이기도 해. 여유가 있어야 나눔도 할 수 있고, 누군가를 힘껏 도울 수도 있지. 작은 기부나 선의의 행동도 재력을 활용하는 한 방법이란다.

그리고 무엇보다 소중한 **체력**. 체력이 있어야 일도 하고, 꿈도 꾸고, 하고 싶은 일도 마음껏 할 수 있어. 그래서 운동은 밥 먹듯 해야 하는 거야. 또 **정신력**은 힘들고 어렵고 지칠 때 버티게 해 주는 힘이지. 끝까지 가게 하는 건 결국 마음의 힘이란다.

여기에 **상상력**도 빠질 수 없어. 상상해야 새로운 길이 열리고, 새로운 꿈이 만들어지지. 스티브 잡스가 "상상력이야말로 세상을 바꾸는 힘"이라고 말한 것도 같은 이유란다.

결론은 이거다, '**필요한 건 힘[力]**'. 그리고 그 힘은 하루아침에 생기지 않아. 꾸준히 읽고, 배우고, 도전하고, 몸을 단련하고, 마음을 다지고, 사랑하고, 상상하고, 또 기억하면서 자라는 거야. 이런 과정들이 쌓여서 너를 강인한 사람으로 만든단다. 학문을 쌓고, 능력을 연마하고, 용기를 기르고, 체력을 키우고, 정신을 단단히 하고, 상상하렴. 그 힘들이 너의 삶을 바꾸고, 너의 세상을 넓히고, 너의 꿈을 현실로 만들어 줄 거야. 오늘도, 내일도, 그리고 너의 평생 동안 — 힘을 길러라.

뒤집어라

애야, 가끔은 생각해 보길 바라는 마음에서 이 말을 전한다. 어떤 일이든 한 번쯤은 '뒤집어 보라'는 거야. 우리는 문제를 앞에 두면 늘 같은 쪽에서만 바라보는 습관이 있단다. 눈앞에 보이는 현실이 전부라고 믿어 버리고, 다른 시각이 있을 거라는 가능성은 스스로 닫아 버리지. 그런데 인생을 살다 보면, 조용히 뒤집어 보는 그 작은 움직임이 새로운 길을 여는 출발점이 되기도 해. 시선을 바꾸고, 관점을 바꾸면 전혀 예상 못 한 답이 보이기도 하거든.

말 하나만 뒤집어 봐도 그래. '자살'을 뒤집으면 '**살자**'가 돼. 절망이던 말이 살아 보자는 외침으로 바뀌는 거지. '역경'을 뒤집으면 '**경력**'이 되지. 힘든 시간이 오히려 단단하게 만든 자산이 된다는 뜻이야. '인연'을 뒤집으면 '**연인**'이라는 단어가 나오듯, 어떤 만남도 바라보는 방식에 따라 가치가 달라질 수 있어. '내 힘들다'를 뒤집으면 '**다들 힘내**'가 돼. 실제로 심리학에서도 '인지 전환'이라는 기법이 있는데, 같은 상황을 다르게 해석하면 마음의 부담이 줄고 해결책이 보이기 시작한다고 알려져 있어.

이렇게 단어 하나만 바꿔도 마음이 흔들리고, 생각이 바뀌고, 태도가 달라진단다. 세상살이도 똑같아. 삼겹살을 예로 들면 웃을지 모르겠지만, 한 면만 계속 구우면 타 버리고 다른 면은 안 익게 되지. 한 번 뒤집어 줄 때 비로소 균형 있게 맛있게 익는 거야. 아이가 처음으로 뒤집기를 성공하는 순간을

거룩한 유산

떠올려 봐라. 비로소 세상을 향해 몸을 세우고 일어설 준비를 하는 출발점이 잖니. '뒤집는다는 것'은 그만큼 성장의 중요한 신호야.

너의 하루도 마찬가지다. 어떤 고민이든, 어떤 문제든 한 방향에서만 보면 답이 없어 보일 때가 많다. 실패를 뒤집어 보면 배움이 되고, 상처를 뒤집어 보면 더 단단해진 흔적이 돼. 우리가 "아, 너무 힘들다… 너무 어렵다…" 하고 느끼는 순간들 중 상당수는 사실 한쪽 면만 보고 있기 때문일지도 몰라. 조금만 각도를 바꾸면, 문제는 여전히 문제이지만 그 안에 숨어 있던 기회나 새로운 길이 모습을 드러내기도 한단다.

그래서 아빠가 해 주고 싶은 말은 단순해. 인생을 살아가는 지혜는 '뒤집어보는 태도'에서 시작된다는 것. 고정된 생각을 살짝 내려놓고, 마음의 문을 아주 조금만 열어 다른 관점에서 다시 보면, 막혀 있던 길도 트이고 무거웠던 마음도 한결 가벼워지지. 철학자 마르쿠스 아우렐리우스도 **"우리의 삶은 사건 자체가 아니라 사건을 바라보는 시각에서 결정된다"**라고 말했듯, 관점 하나 바꾸는 것만으로도 삶 전체가 달라지는 순간이 찾아올 거야.

그러니 앞으로 어떤 일이든, 어떤 관계든, 어떤 감정이든 한 번쯤은 꼭 뒤집어 보렴. 그 순간 너는 그동안 보지 못했던 길을 보게 될지도 모른다. 그리고 그 길이 너를 더 지혜롭고 성숙한 사람으로 이끌어 줄 거야.

어떻게 볼 것인가?   53

인생은 수 싸움(?)

—— ◆ ——

애야, 가만히 생각해 보면 인생이라는 게 참 한 판의 수 싸움 같을 때가 많단다. 어떤 일이든 **착수**할 때가 제일 중요하다는 건 너도 잘 알지? 준비도 없이 덜컥 시작하면 괜히 돌아가야 하고, 고생도 더 많아지거든. 바둑 기사 이세돌도 **"초반 한 수가 끝까지 영향을 미친다"**고 말했지.

하지만 시작만 잘한다고 해서 모든 게 순조롭게 풀리는 건 아니야. 살다 보면 예상 못 한 **변수**가 늘 생기거든. 그래서 당황하거나 즉흥적으로 움직이면 큰 그림 전체가 흔들릴 수 있어. **옛 장수들은 전투에 나서기 전 지형을 먼저 살폈다고 하지.** 위험 요소를 알아야 승산이 생기기 때문이야. 인생도 마찬가지로, 상황을 살피고 여러 경우를 미리 생각해 두는 사람이 결국 더 유리한 자리에서 다음 수를 둘 수 있단다.

그리고 일이 점점 어려워질수록 **묘수**를 찾는 요령이 필요해지지. 인생에는 편안한 길만 있는 게 아니잖아. 난관 앞에서 흔들리지 않고, 여러 가능성을 열어 두고 그중 가장 합리적인 선택을 해 내는 사람에게 기회가 찾아오는 법이야. 체스의 카스파로프도 **"위기는 더 나은 수를 찾을 신호"**라고 말하곤 했지.

또 말이야, 가끔은 **말수**를 줄이는 게 지혜가 될 때도 있어. 너무 많은 말을 하면 내 속을 다 드러내게 되거든. 약간 다른 비유이지만, 바둑에서 대마를

거룩한 유산

잡으려고 지나치게 들이대면 그게 오히려 실수가 돼 전략을 드러내게 되지. 조용히 상황을 지켜보며 판단하는 침착함이 더 큰 힘이야.

물론 **실수**는 누구나 해. 하지만 똑같은 실수를 반복하는 건 피해야 해. 바둑에서 '패턴 실수'가 계속되면 상대가 그 틈을 정확히 공략하듯, 인생에서도 반복된 실수는 결국 나만 손해를 남기지. 한 번의 실수는 교훈이지만, 몇 번의 실수는 나의 약점이 되고 말아.

결국 인생이라는 수 싸움은 계획, 관찰, 전략, 신중함, 노력, 그리고 운까지 모든 요소가 어우러져야 안정적으로 흘러가기 마련이야. 이 중 어느 하나라도 소홀해지면 전체 흐름이 흔들려 버리지. 그래서 우리는 늘 냉정하게 판단하고, 신중하게 선택하고, 묘수를 고민하고, 실수를 반복하지 않으려 노력해야 해. 그러다 보면 운이 오는 흐름도 자연스럽게 읽히기 마련이고 말이다.

인생에서 승리한다는 건 재능이나 운만으로 되는 게 아니란다. 평소의 준비, 조용한 관찰, 차분한 판단, 그리고 성실한 노력… 이런 것들이 한데 모여야 비로소 승산이 생기는 거야.

그러니 오늘도 한 수 한 수 두듯이, 조급해하지 말고, 흔들리지 말고, 너만의 묘수를 찾으면서 살아가길 바란다.

거울 앞에서

애야, 우리가 거울을 볼 때 보통은 얼굴만 확인하잖니? 눈, 코, 입, 머리카락, 피부 같은 겉모습에만 신경을 쓰지. 그런데 말이다, 거울 앞에서 시선을 조금만 더 넓히면 단지 외모가 아니라 너의 '표정'도 볼 수 있단다. 지금 네 얼굴에 웃음이 있는지, 슬픔이 비치고 있는지, 아니면 마음이 조금 지쳐 있는지… 이 표정들은 네 마음속 이야기를 고스란히 드러내고 있어. 한 심리학자는 "표정은 마음의 자막(Subtitle)과 같다"고 말했단다. 겉모습만으로는 알 수 없는 너만의 감정과 생각이, 표정이라는 작은 신호로 밝게 혹은 흐리게 새어 나오는 거지.

그리고 거울을 볼 때는 '네가 보는 너'뿐 아니라 '다른 사람들이 바라보는 너'의 모습도 떠올려 보면 좋겠다. 네가 웃고 있다고 느껴도 남들 눈에는 조금 어색하게 보일 때가 있고, 진지하게 말하고 있음에도 누군가에게는 무심하거나 차갑게 느껴질 때도 있어. 어느 배우가 "카메라에 비친 내 표정은 내가 느끼는 감정과 항상 일치하지 않았다"고 했던 것처럼, 우리가 느끼는 '내 모습'과 남들이 바라보는 '나의 모습' 사이에는 늘 작은 차이가 있단다. 그 차이를 이해하려는 사람은 보이지 않는 인간관계의 깊이까지 배우게 되는 법이지.

하지만 잊지 말아야 할 게 있어. 거울 속에 보이는 모습이 너의 전부는 아

거룩한 유산

니라는 거야. 겉으로 드러나는 얼굴 뒤에는 보이지 않는 감정, 표현되지 않은 생각, 말로 다 못한 마음이 숨어 있단다. 옛 철학자 에픽테토스는 "**사람의 본질은 보이지 않는 곳에 있다**"고 했지. 우리는 흔히 외모나 표정만으로 스스로를 판단하려 하지만, 정작 중요한 건 거울에는 비치지 않는 내면 세계란다. 그 안엔 네 성향도, 상처도, 기쁨도, 그리고 너만의 꿈도 그대로 들어 있어.

그래서 거울을 바라보는 일은 단순한 '겉모습 확인'이 아니라 네 마음 깊은 곳을 들여다보는 시간이 되기도 한단다. 지금 네 마음이 어떤지, 어디에서 흔들리고 있는지, 무엇을 바라고 있는지… 어떤 상담가는 "**거울 앞은 자신의 진짜 감정과 가장 가깝게 만나는 자리**"라고 말했어. 그걸 알아차리는 순간 너는 비로소 진짜 네 자신과 마주하게 되는 거지. 겉모습은 얼마든지 숨길 수 있어도, 마음만큼은 절대 숨길 수 없다는 걸 잊지 마라.

거울 앞에서 너는 겉모습뿐 아니라 네 마음, 네 생각, 그리고 다른 사람에게 비춰지는 너까지 함께 돌아볼 수 있어. 보이는 것과 보이지 않는 것을 함께 이해할 때 비로소 너는 네 자신을 더 온전히 받아들일 수 있단다. 그 시간은 네가 너를 응원하는 순간이고, 네가 가장 멋진 '너'임을 다시 확인하는 소중한 돌봄이지.

그러니 거울 속 너를 바라볼 때마다 기억해라. 그 모습은 단순한 반영이 아니라, 오늘을 살아가는 너에게 건네는 작은 격려와 따뜻한 응원이라는 걸.

운전하듯 말하라

얘야, 아빠가 늘 느끼는 게 하나 있어. **말을 한다는 건 마치 운전하는 것과 참 비슷하다**는 거야. 운전할 때 안전을 먼저 생각하고 속도를 조절하며 차선을 지켜야 목적지에 무사히 도착하듯, 말도 차분하게 순서를 지키면 상대가 나의 마음을 정확하게 이해할 수 있단다. 말 한마디가 좋은 관계를 이어 주기도 하지만, 잘못하면 사고처럼 상처나 오해를 남길 수도 있지. 누군가 "말은 마음의 핸들이다"라고 했는데, 그만큼 섬세한 조절이 필요하다는 뜻이겠지.

운전에서 과속이 위험하듯 **말도 너무 빠르고 조급하게 내뱉으면 오해의 신호가 켜지기 쉽다.** 상대가 말의 의미를 놓치거나, 네 의도를 다르게 받아들일 수도 있어. 실제로 직장에서도 말이 너무 빠른 사람은 능력보다 '성급하다'는 인상을 주는 경우가 많더구나. 그러니 말할 땐 천천히, 하지만 분명하게 한 문장씩 건네는 게 좋단다. 이는 마치 안전 거리를 유지하는 것과 같아. 운전이든 말이든, 속도보다 중요한 건 결국 **신중함과 배려**란다.

그리고 운전 중 갑작스러운 끼어들기가 사고의 원인이 되듯, 대화에서도 **상대의 말을 가로막거나 생각 없이 끼어들면 다툼이 싹트기 마련이야.** 상대가 아직 말을 끝내지 않았는데 중간에 끊어 버리면 흐름도 감정도 다 망가져 버리지. "경청은 말보다 더 강한 의사소통이다."라는 말이 있잖아. 운전할 때 양보가 필요하듯, 대화에서도 상대의 말을 끝까지 들어 주는 것은 아주 중요한 예절이란다.

그리고 차 안을 정리해 두면 운전할 때 기분이 좋듯, **말도 정리가 되어 있어야 듣는 사람이 편안하게 받아들일 수 있지.** 중구난방으로 말하거나 생각만 앞서다가 길을 꼬이게 만들면 상대는 마치 복잡한 골목길에 갇힌 운전자처럼 피곤해져. 직장에서도 상사는 설명을 장황하게 하는 직원보다, "하고 싶은 말이 명확한 직원"을 더 신뢰한단다. 핵심을 분명히 하고 차분하게 순서를 지켜 말하면 누구든 자연스럽게 이해하고 공감하기가 쉬워지지.

애야, **말을 한다는 건 단순한 의사소통이 아니라 사람과 사람 사이의 길을 안전하게 주행하는 일**과 같아. 속도와 순서, 배려와 진심, 그리고 정리된 표현이 함께 갖춰져야 갈등 없이 마음이 통하게 되지. 말 한마디, 말하는 속도, 말하는 태도 하나가 관계의 흐름을 바꿔 놓을 수 있어. 어떤 상담가는 "잘 운전된 말은 오해 없이 사람의 마음에 도착한다"고 했단다. 그런 말은 신뢰를 쌓고 따뜻함을 남기지.

그러니 애야, 말을 운전하듯 조심스럽고 현명하게 다룰 줄 아는 사람이 되어라. 속도를 조금 줄이고, 상대가 말할 땐 차선을 지키듯 기다려 주고, 네 마음을 진심으로 담아 차분히 말해 보렴. 그것만 잘해도 너는 사람들과 불필요한 충돌 없이 **편안한 길, 따뜻한 길, 오래 이어지는 길**을 갈 수 있을 거야.

철학을 붙들라

어떤 사람이 이런 말을 하더구나. "철학이 밥을 먹여 주느냐?" 하고 말이지. 세상이 점점 더 현실적이고 물질적으로 변하다 보니, 많은 이들이 철학을 쓸모없는 학문처럼 여기곤 한단다. 황금이 세상을 움직이고 돈이 모든 걸 결정하는 세상에서는 철학이 마치 삶에 별 도움이 되지 않는 장식처럼 보이기도 하지. 그래서 누군가는 철학을 '철없는 학문'이라며 얕보기도 해. 하지만 소크라테스가 **"성찰 없는 삶은 살 가치가 없다"**고 했듯이, 겉보기엔 쓸모없어 보이는 것이 오히려 인간을 인간답게 만드는 힘이 되기도 한단다.

하지만 애야, 철학은 결코 허울뿐인 지식이 아니란다. 그건 우리 삶의 기초를 튼튼하게 세워 주는 길잡이야. 사람은 밥만 먹고 살아갈 수 있는 존재가 아니란다. 배가 부르다고 해서 마음까지 풍요로워지는 건 아니지. 어떤 성공한 사업가가 말했지. **"돈은 문제를 해결해 주지만, 방향을 알려 주진 않는다."** 네가 삶을 아무 의미 없이 흘려보내고 싶지 않다면, 그리고 스스로의 방향을 잃지 않고 살고 싶다면 철학은 반드시 필요해. 철학은 황금만 바라보며 정신없이 달리다가 우리가 길을 잃지 않도록 조용히 붙잡아 주는 역할을 한단다.

철학은 일종의 '정신줄'과도 같아. 바쁜 일상 속에서 사람들은 종종 생각 없이 행동하거나, 주변의 자극에 휩쓸려 자기 뜻이 아닌 삶을 살 때가 많지. 그럴 때 철학은 우리에게 묻는단다. "지금 이게 정말 네가 원하는 삶이니?"라고

거룩한 유산

말이야. 마르쿠스 아우렐리우스는 『명상록』에서 "스스로를 돌아보는 사람만이 자유롭다"고 했다지. 철학을 통해 우리는 단순히 살아가는 데서 멈추지 않고, '어떻게' 살아야 하는지를 성찰하게 된다. 그것은 더 행복하고 의미 있는 삶으로 나아가는 중요한 과정이야.

또한 애야, 철학은 황금이 없어도 인간답게 살아갈 지혜를 가르쳐 준다. 돈이나 권력에 기대지 않고도 마음 편히, 따뜻하게, 건강하게 사는 방법을 알려 주는 것이지. 옛 현인 디오게네스는 항아리에 살면서도 "나는 가진 것이 적어서 자유롭다"고 했단다. 가진 게 많든 적든, 사람이라면 누구나 철학을 통해 삶의 질을 높이고 존엄을 지키며 행복을 찾을 수 있어. 무엇이 정말 중요한지 깨닫게 되면, 물질적인 풍요보다 훨씬 깊은 내면의 풍요를 느끼게 되거든.

결국 철학을 붙든다는 것은 단순히 어려운 책을 읽는 일이 아니야. 그건 너 자신을 돌아보고, 세상을 더 깊이 이해하고, 올바른 가치와 지혜를 선택하려는 마음가짐을 뜻하지. 철학은 삶이 흔들릴 때 방향을 알려 주는 나침반이고, 어둠 속에서도 길을 밝혀 주는 등대 같은 존재란다. 고대 중국의 장자는 "큰 배는 작은 물결에 흔들리지 않는다"고 했어. 철학이 바로 그 큰 배를 만들어 주는 힘이야. 밥을 먹는 것은 생존을 위한 일이지만, 철학은 왜 사는지, 어떻게 살아야 하는지를 깨닫게 하는 삶의 이유야.

세상만사

세상사는 언제나 우리가 기대한 대로 흘러가지는 않는단다. 겉으로 보기엔 풍족하고 넉넉해 보여도, 그 안에 근심이 없는 건 아니야. 흔히 사람들은 큰 집에 살면 걱정이 없을 것처럼 생각하지만, 사실 큰 집일수록 손볼 것도 많고 관리비와 세금도 만만치 않지. 마치 **"큰 항아리가 물을 더 많이 담을 수는 있어도, 그만큼 새는 데가 많다"**는 옛말처럼 말이다. 좋은 차를 탄다고 해서 사고 위험에서 자유로운 것도 아니고, 매일 잘 차려진 밥을 먹는 사람이라고 해서 배탈 걱정이 없는 것도 아니지. 그러니 겉으로 화려하다는 사실이 곧 편안한 삶을 뜻하진 않는다는 걸 항상 염두에 둬야 한단다.

반대로 겉보기에 초라해 보인다고 해서 그 삶이 불행하다는 뜻도 아니야. 작은 집에 산다 해도 그 안에 웃음이 넘치면 그곳이 바로 가장 넓은 집이 되는 거란다. 일본의 어느 작가는 **"좁은 방도 마음이 넓으면 궁궐이 된다"**고 했지. 자가용이 없다고 해서 늘 불편하기만 한 것도 아니야. 대중교통을 이용하며 사람들의 다양한 표정과 일상을 들여다볼 때, 혹은 조금 더 걸어가며 계절이 변하는 냄새와 바람을 온몸으로 느낄 때, 문득 '아, 이것도 참 괜찮구나' 하고 미소가 지어지는 순간들이 있어.

또 하루에 한두 끼만 먹는다고 해서 바로 영양실조가 걸리는 건 아니야. 중요한 건 식사 횟수가 아니라 네 몸과 마음을 얼마나 잘 챙기느냐에 달려 있지. 절제된 식사를 하며 오히려 더 건강하게 사는 사람들도 참 많단다. 고대 그리스 철학자 소크라테스도 "많이 먹는 것이 아니라 잘 먹는 것이 건강을 만든 다"고 했지. 결국 삶의 질은 '얼마나 많이 가졌느냐'가 아니라 '어떤 방향과 마음으로 살아가느냐'에서 결정되는 법이야.

세상은 자꾸 "있는 사람"과 "없는 사람"으로 나누려 하지만, 그 경계는 생각보다 분명하지 않단다. 가진 게 많다고 마음까지 넉넉한 건 아니고, 가진 게 적다고 해서 행복까지 적은 것도 아니야. 오히려 많은 걸 가진 사람일수록 잃을까 봐 불안해하는 경우가 많고, 조금 부족해 보이는 삶을 사는 사람일수록 작은 행복도 감사히 여기며 더 여유롭게 살아가곤 해. 실제로 어떤 부부는 오래된 작은 집에서 살았지만, "우리는 집을 키우진 못했어도 마음을 키우며 살았다"라고 말하더구나.

그러니 애야, 없다고 주눅 들 필요도 없고, 있다고 뽐낼 이유도 전혀 없어. 삶의 가치는 겉으로 보이는 소유의 크기가 아니라, 어떤 마음으로 세상을 바라보느냐에 달려 있어. 헬렌 켈러가 "행복은 소유에서 오는 것이 아니라, 마음의 태도에서 찾아온다"고 말했듯이 말이야. 중요한 건 얼마나 갖고 있느냐가 아니라, 네가 주어진 환경 속에서 어떤 태도로 살아가느냐란다.

없다고 쫄지 말고, 있다고 뻐기지도 마라. 세상살이는 결국 마음먹기 나름이고, 어떤 시선으로 삶을 바라보느냐에 따라 행복의 크기도 달라지는 법이란다.

실패를 위한 변명

애야, 우리가 실패를 두려워하는 이유가 뭔지 생각해 본 적 있니? 대부분의 사람들은 실패를 곧바로 **끝**, 혹은 **능력 부족의 증명**으로 받아들여. 하지만 실패는 네가 상상하는 것보다 훨씬 자연스럽고, 오히려 반드시 거쳐야 하는 성장의 다리 같은 거란다. 넘어졌다는 건 멈춰 있었다는 뜻이 아니라 **네가 걷고 있었다는 증거**이기도 하고 말이야.

아이가 처음 두 발로 서고 걸음마를 배우는 과정을 떠올려 보렴. 앞으로 나아가려다 툭 쓰러지고, 일어서다가 또 넘어지고… 하지만 누구도 아이에게 "왜 넘어지느냐"고 꾸짖지 않아. 오히려 아이가 비틀거리면서도 다시 일어서려는 그 모습이 얼마나 사랑스럽고 대견한지 모른다. 아이가 결국 혼자 걸을 수 있게 되는 건 실수를 피해서가 아니라, **넘어져도 일어나는 걸 멈추지 않았기 때문**이지.

실패도 바로 그와 똑같단다. 사람들은 실패를 마치 인생의 흠집이나 수치처럼 여기지만, 사실 실패는 아주 중요한 메시지를 담고 있어.
"이 길은 너와 맞지 않아, 다른 방향을 찾아보자." "조금 더 시간이 필요해." "지금은 멈춰서 돌아볼 때야…"라는 속뜻을 드러내는지도 모르지.

성공이 우리에게 성취감을 준다면, 실패는 우리에게 **방향**과 **지혜**를

거룩한 유산

주는 선물 같은 존재야. 토마스 에디슨이 전구를 만들며 수천 번의 시행착오를 겪은 건 유명하지? 그는 실패를 이렇게 정의했단다. **"나는 실패한 적이 없다. 단지 되지 않는 방법을 수천 가지 발견했을 뿐이다."** 이 말 속에 실패에 대한 올바른 태도가 모두 들어 있어. 실패는 막다른 길이 아니라, 성공으로 가는 길에서 방향 표지판이 되어 주는 거야.

진짜 실패는 시도하다가 넘어지는 게 아니라, 넘어질까 봐 아무것도 하지 않고 계속 그 자리에 머무는 거야. 앉아만 있으면 실패는 없겠지만, 대신 성장도, 기쁨도, 변화도 찾아오지 않아. 오뚝이가 쓰러질수록 더 단단히 일어서듯, 사람도 실패를 겪을수록 강해지고 깊어지는 법이란다.

그래서 중요한 건 실패하지 않는 게 아니야. 진짜 중요한 건 **실패할 때마다 다시 일어설 힘**을 기르는 것, 그리고 다시 한번 시도해 보려는 마음을 잃지 않는 것. 그 단순한 한 번의 일어섬이 자신을 변화시키고, 결국 가고 싶은 목적지까지 데려다줄 거야.

애야, 실패를 피하기 위한 변명들은 이제 내려놓자. 넘어져도 괜찮아. 정말 괜찮단다. 중요한 건 **다시 일어서는 행동**, 그 단 하나야.

실패가 두려움을 주는 순간부터, 다시 일어서는 용기는 너를 성장으로 이끄는 첫 걸음이 되어 줄 거야. 그때부터 너의 진짜 여정이 시작된단다.

사노라면

살다 보면 인생이 늘 맑은 하늘만 보여 주는 건 아니란다. 어떤 날은 햇살
이 유난히 따뜻해서 발걸음이 가볍고, 하는 일마다 술술 풀리는 것처럼 느껴
지기도 하지. 하지만 또 어떤 날은 아무 예고도 없이 구름이 몰려오고, 갑작
스러운 폭우와 바람이 삶을 뒤흔들 때도 있어. 그렇다고 그때마다 겁을 먹고
주저앉을 필요는 없단다. 비가 오면 잠시 처마 밑에 서서 숨을 고르듯, 인생
도 잠깐 멈춰 마음을 추스르는 시간이 필요할 뿐이야. 인생의 날씨는 우리가
고를 수 없지만, 그 날씨를 견디는 태도만큼은 우리가 선택할 수 있다는 걸
꼭 기억해라.

살면서 모든 일이 계획한 대로 흘러갈 거라는 기대는 생각보다 쉽게 무너진
다. 공들여 준비한 일이 어긋나기도 하고, 최선을 다했는데도 결과가 따라오
지 않는 날이 수없이 찾아오지. 아무리 애를 써도 일이 실타래처럼 엉켜서 어
디서부터 풀어야 할지 모를 때도 있을 거야. 그런 순간엔 마음이 먼저 지쳐 버
리기 쉬워. 하지만 바로 그때가 중심을 붙들어야 할 때란다. "밤이 가장 어두울
때가 새벽이 가장 가깝다"는 말처럼, 인생도 가장 힘든 순간을 지나야 다시 평탄
한 길을 만나는 법이지. 끝까지 버틴 사람만이 그다음 풍경을 볼 수 있단다.

또 살다 보면 좋은 사람만 만나는 건 아니야. 진심으로 너를 아껴 주고 함
께 웃어 주는 사람도 있지만, 예상치 못하게 등을 돌리거나 깊은 상처를 남기

거룩한 유산

고 떠나는 사람도 분명히 있어. 사람에게 받은 상처는 몸의 상처보다 더 오래 남아 마음을 무겁게 만들기도 하지. 그렇다고 원망만 품고 마음의 문을 닫아 버리면, 세상은 더 차갑게 느껴질 뿐이란다. 상처를 준 사람을 당장 용서하지 못해도 괜찮아. 다만 그 상처를 평생 짊어지고 살 필요는 없어. 때로는 내려 놓는 용기가 가장 큰 지혜가 되기도 하거든.

그래서 옛사람들은 인생을 '참을 인(忍)' 자를 써서 **'인생(忍生)'**이라고 부르 기도 했단다. 살아간다는 건 결국 참고, 기다리고, 견뎌 내는 일의 연속이기 때문이지. 하지만 인내는 그저 이를 악물고 버티는 게 아니야. 인내의 시간 은 우리를 조금 더 단단하게 만들고, 고통 속에서도 배우고 자라게 해. 나무 도 바람에 흔들리며 뿌리를 깊이 내리듯, 사람도 시련을 통과하며 삶의 중심 을 다져 가는 거란다.

인생은 늘 우리에게 조용히 묻는다. "이 순간을 너는 어떻게 지나갈 거니?" 그 질문에 어떤 태도로 답하느냐가 결국 네 삶의 모양을 만들어 가지. 누구나 비바람을 만나고, 누구나 무너질 듯 흔들리는 순간을 겪는다. 하지만 그때마 다 다시 마음을 추스르고 한 걸음씩 내딛는 사람만이 자기 인생을 스스로 완 성해 간단다.

그러니 어떤 날씨가 찾아와도 너무 두려워하지 마라. 너에게는 견뎌 낼 힘 이 있고, 다시 일어설 수 있는 마음이 있다. 그걸 아빠는 늘 믿고 있단다.

좋은 삶에 대하여

사랑하는 애야. 살다 보면 '좋은 삶'이 무엇인지 헷갈릴 때가 참 많단다. 세상은 늘 말하지. 더 넓은 집, 더 비싼 차, 남들보다 한발 앞서 보이는 자리가 곧 성공이고 행복이라고. 광고도, 뉴스도, 주변의 시선도 그런 기준을 은근히 강요해. 그래서 너 역시 살아가다 보면, 가진 것의 크기나 겉모습이 곧 네 가치인 것처럼 느껴지는 순간을 맞닥뜨리게 될지도 모르겠다.

하지만 부모로서 꼭 말해 주고 싶은 게 있다. 그런 기준은 결코 '좋은 삶'의 본질이 아니란다. 많은 것을 가졌다고 해서 마음까지 넉넉해지는 건 아니고, 높은 자리에 올랐다고 해서 삶이 곧바로 깊어지는 것도 아니야. 오히려 가진 게 많을수록 더 불안해지고, 잃을까 봐 전전긍긍하는 사람도 많단다. 톨스토이는 "행복은 많이 가지는 데 있지 않고, 적게 바라보는 데 있다"고 했지. 이 말은 시간이 갈수록 더 진하게 와닿는 진실이란다.

아무리 많은 것을 소유해도, 주변의 아픔에 눈을 감고 누군가의 고통을 외면한 채 자기 만족만 좇는 삶은 오래 가지 못해. 그런 삶은 겉으론 화려할지 몰라도 속은 쉽게 비어 버리지. 사람은 혼자만으로는 완전해질 수 없는 존재니까. 결국 우리는 타인과 부딪히고, 기대고, 손을 내밀며 살아가도록 만들어진 존재란다.

거룩한 유산

그래서 좋은 삶은 남들보다 '위에 서는 삶'이 아니야. 남들과 **'함께 나아가는 삶', '더불어 아름다운 세상'**에서 시작되지. 누군가를 밟고 올라가는 성공은 빠를 수는 있어도, 그 자리에 오래 머물게 해 주진 않아. 반면에 서로를 끌어 주고 일으켜 세우며 가는 길은 느릴지 몰라도, 마음에 남는 온기가 다르단다. 산을 오를 때 혼자 앞서가는 사람보다, 뒤처진 사람의 손을 잡아 주는 사람이 더 오래 기억되는 것처럼 말이야.

작은 예를 들어볼까. 바쁜 하루 중에도 엘리베이터 문을 잡아 주던 사람, 힘들어 보이는 동료에게 "괜찮아?" 하고 먼저 말을 건네던 사람, 자신이 아는 정보를 혼자만 간직하려 하지 않고 나누던 사람. 이런 행동 하나하나가 세상을 조금 더 따뜻하게 만들고, 그 사람의 삶을 자연스럽게 좋은 삶의 방향으로 이끈단다. 좋은 삶은 거창한 선언이 아니라, 이런 사소한 선택들에서 조용히 자라나는 거야.

진짜 좋은 삶은 남에게 보여 주기 위해 꾸며 낸 삶이 아니란다. 비교와 경쟁으로 스스로를 몰아세우는 삶도 아니고. 함께 나누고, 함께 성장하며, 누군가의 하루를 조금 더 밝게 만드는 삶이야. 결국 중요한 건 네 손에 무엇이 들려 있느냐가 아니라, 네 마음이 어디를 향해 있느냐란다.

문제는 많은 것

살다 보면 우리도 모르는 사이에 이것저것 쥐고, 들고, 지고 살아가게 된단다. 처음엔 별것 아닌 것처럼 느껴지지만, 손에 너무 많은 짐을 쥐고 있으면 결국 손이 저리고 감각이 둔해지듯, 마음도 마찬가지야. 마음속에 붙잡고 있는 생각과 감정이 많아질수록 삶은 서서히 무거워지지.

생각이 많아지면 머릿속은 늘 소음으로 가득 차 있어. 하나의 고민이 끝나기도 전에 또 다른 걱정이 끼어들고, 그 걱정은 다시 새로운 불안을 불러오지. 책임감, 미안함, 억울함, 두려움 같은 감정들이 쌓여 마음의 방을 가득 채우고, 거기에 욕심까지 더해지면 숨 쉴 공간조차 없어져. 욕심은 늘 "이 정도로는 부족해"라고 속삭이며, 이미 가진 것의 가치를 흐리게 하지.

그래서 인생의 문제는 종종 '모자람'이 아니라 '지나침'에서 생긴단다. 더 많이 가지려 하고, 더 많이 이루려 하고, 더 많은 관계와 더 많은 인정을 품으려다 보니 마음이 버거워지는 거지. 옛말에 **"그릇이 넘치면 흘러내린다"**는 말이 있듯, 감당할 수 있는 만큼을 넘어서면 기쁨도 부담으로 바뀌게 돼. 많이 가질수록 지켜야 할 것도 많아지고, 잃을까 봐 걱정하는 마음도 함께 따라오니까.

세상은 여전히 **"많이 가진 사람이 성공한 사람"**이라고 말하지만, 실제 삶에서는 꼭 그렇지만은 않단다. 손에 쥔 것이 많아질수록 내려놓기는 더 어려워

거룩한 유산

지고, 오래 붙잡을수록 마음속 통증은 깊어져. 생각의 짐, 감정의 짐, 책임의 짐, 물질의 짐이 한꺼번에 얽히면 삶의 속도는 느려지고, 풍경을 바라볼 여유는 사라져 버려.

진짜 문제는 얼마나 많이 가지고 있느냐가 아니라, 그 많은 것 속에서도 만족을 모르는 마음이야. 채워도 채워도 허전한 욕망은 우리를 계속 비교하게 만들고, 늘 부족하다는 생각 속에 가두지. 그러다 보면 이미 충분히 좋은 것들, 이미 고마워해야 할 순간들을 알아보지 못하게 된단다.

그래서 애야, 가장 중요한 건 더 많이 쥐는 법이 아니라, 내려놓는 법을 배우는 거란다. 비울 줄 아는 사람은 삶을 가볍게 만들고, 내려놓을 줄 아는 사람은 마음에 숨 쉴 자리를 마련하지. 필요 없는 걱정과 오래 붙잡을 이유 없는 감정, 끝없는 비교와 과한 욕심은 조금씩 손에서 놓아주렴. 그리고 정말 소중한 것, 네 마음을 지켜 주고 삶을 따뜻하게 만드는 것들만 곁에 두고 살아가길 바란다.

삶은 신기하게도 **비울수록 더 많은 여유를 돌려준단다.** 가벼워진 마음으로 걷다 보면, 전에는 보이지 않던 풍경도 보이고, 작은 기쁨에도 웃을 수 있게 되지. 혹시 마음이 너무 무겁게 느껴질 때가 오면, 언제든 와서 짐을 내려놓고 이야기해도 좋아. 부모인 나는 늘 네 곁에서 네 이야기를 들어줄 준비가 되어 있고, 그 짐을 함께 나눌 마음도 항상 가지고 있단다.

고난의 미학

보고 싶은 애야, 인생을 살다 보면 누구에게나 피하고 싶을 만큼 벅찬 고난이 찾아올 수도 있단다. 앞이 보이지 않을 정도로 캄캄해서, 내가 가고 있는 이 길이 맞는지조차 의심하게 되는 순간 말이야. 그때는 마음이 움츠러들고, 세상에 홀로 남겨진 것처럼 느껴질 수도 있어. 하지만 그런 시간은 우리를 무너뜨리기 위해 오는 게 아니라, 더 큰 나로 자라나게 하기 위해 꼭 거쳐야 하는 길이라는 걸 말이야.

찬란한 아침은 결코 우연히 찾아오지 않아. 가장 깊은 밤이 묵묵히 자리를 지켜 주었기에, 해는 더 또렷하게 떠오를 수 있지. 어둠은 빛의 반대편이 아니라, 빛을 준비하는 시간이야. 밤을 건너본 사람만이 아침의 소중함을 알고, 긴 어둠을 견딘 사람만이 빛 앞에서 흔들리지 않는 법이란다. 삶도 꼭 그래. 고난을 지나지 않고 맞는 기쁨은 쉽게 빛이 바래지만, 어두운 시간을 통과한 뒤의 기쁨은 오래도록 마음에 남지.

자연을 봐도 그렇지. 화사한 봄은 언제나 혹독한 겨울 뒤에 온다. 겨울의 얼어붙은 땅은 겉으로 보면 모든 게 멈춘 것 같지만, 그 속에서는 봄을 준비하는 시간이 차곡차곡 쌓이고 있어. 땅을 뚫고 올라오는 새싹은 연약해 보이지만, 사실 누구보다 강한 생명이야. 긴 추위를 견뎌낸 존재만이 그 자리에 설 수 있으니까. 그래서 봄꽃은 잠깐 피었다 지더라도, 사람 마음을 깊이 울리는 힘을 가지고 있단다. 고난을 지나온 시간의 깊이가 그 색에 담겨 있기 때문이야.

맛있는 열매도 마찬가지란다. 햇빛만 받고 자란 과일은 달콤해 보일지 몰라도 속이 쉽게 무르지. 반대로 비바람에 흔들리며 자란 열매는 겉모습은 조금 거칠어 보여도 속이 단단하고 오래 가. 농부들이 "**좋은 열매는 바람이 키운다**"고 말하는 이유가 있단다. 우리 삶도 그래. 흔들리지 않은 사람은 없고, 아프지 않았던 성장은 없어. 하지만 그 흔들림 덕분에 마음은 더 단단해지고, 쉽게 부서지지 않는 사람이 되는 거야.

그래서 고난은 단순한 고통으로 끝나지 않아. 그것은 우리를 시험하는 동시에, 마음의 근육을 키워 주는 시간이지. 흔히 말하는 '성장통'이 괜히 있는 게 아니란다. "**상처는 나를 멈추게 하지 않는다. 오히려 나를 더 강하게 만든다.**" 이 말처럼, 고난은 우리를 쓰러뜨리는 게 아니라 시야를 넓혀 주는 역할을 해. 누군가 대신 건너다 줄 수 없는 강을 스스로 건너며, 사람은 비로소 자기 힘을 알게 되거든. 넘어졌던 자리에서 다시 일어날 수 있다는 걸 아는 사람은, 다음 고난 앞에서도 쉽게 무너지지 않아.

결국 고난은 피해야 할 장애물이 아니라, 잘 받아들일 때 삶을 한 단계 끌어올려 주는 과정이란다. 당장은 '선물'처럼 보이지 않지만, 시간이 지나 뒤돌아보면 "**그때가 있었기에 지금의 내가 있구나**" 하고 고개를 끄덕이게 되는 순간이 반드시 오게 된다.

인생은 기다림

─────◆◆─────

인생을 살다 보면 우리는 결국 **기다림 속에서 살아간다**는 걸 조금씩 알게 된단다. 아주 어릴 적을 떠올려 보면, 집 안이 조용해질 때마다 밖에서 들려오는 발자국 소리에 괜히 가슴이 뛰고, 문이 열리길 기다리며 엄마가 돌아오기를 바라던 순간들이 있었지. 그 짧은 기다림 속에서 우리는 '나는 누군가에게 기다려지는 존재구나'라는, 말로는 설명 못 할 안도감을 배웠단다. 기다림은 그렇게 처음부터 사랑과 함께 우리 곁에 있었어.

조금 더 자라면 기다림의 모습도 바뀌지. 소풍 날이 다가오기를 손꼽아 세며 가방을 몇 번이나 열어 보고, 그 하루가 줄 작은 자유와 웃음을 미리 상상하곤 했잖니. 그때의 기다림은 설렘이었고, 하루가 길게 느껴질 만큼 삶이 가벼웠던 시절의 특권이었지. 기다림은 늘 다음 단계로 넘어가기 전, 우리를 잠시 멈춰 세우며 마음을 키우는 시간이었단다.

청춘이 되면 기다림은 훨씬 깊고 복잡해져. 좋아하는 사람의 연락을 기다리며 휴대폰을 몇 번이고 확인하고, 시험 결과나 합격 소식을 기다리며 하루가 일 년처럼 느껴지기도 하지. 이 시기의 기다림은 단순히 결과를 바라는 마음이 아니야. '내가 잘 해 낼 수 있을까'라는 두려움과 '그래도 잘되길' 바라는 기대가 뒤섞인, 마음이 자라는 시간이란다. 그래서 더 아프고, 그래서 더 오래 기억에 남지.

거룩한 유산

성인이 되어 사회 속에서 자리를 잡기 시작하면 기다림은 한층 현실적인 얼굴을 하고 찾아와. 첫아이의 탄생을 기다리며 부모가 될 마음의 준비를 하고, 새집 입주 날을 기다리며 가족의 미래를 그려 보기도 하지. 누군가는 소소한 행운을 기대하며 복권 추첨일을 기다리고, 또 누군가는 오랜만에 잡힌 골프 약속 하나로 바쁜 일상을 버텨 내기도 해. 인생의 거의 모든 관계와 사건 뒤에는 이렇게 말없이 이어지는 기다림이 숨어 있어.

기다림은 때로 우리를 붙잡아 주는 희망이 되기도 해. 우리는 누군가를 사랑하기 때문에 기다리고, 더 나은 내일을 믿기 때문에 기다린단다. 현실이 버거울수록 사람은 작은 가능성 하나라도 붙들고 기다리며 오늘을 견뎌 내지. 그 기다림 덕분에 무너지지 않고 하루를 살아 내는 거야.

결국 **인생은 기다림의 연속**이란다. 그 기다림 속에서 우리는 웃고, 울고, 넘어지고, 다시 일어서며 조금씩 나 자신을 완성해 가는 거야. 기다림이 때로는 길고 버거워도, 그 시간이 있었기에 오늘을 살아갈 이유를 발견하게 되는 거지.

그러니 애야, 기다리고 또 기다리는 것, 그 자체가 바로 인생이라는 걸 기억하렴. 그리고 언제나 네 곁에서, 말없이 너를 믿고 기다리는 엄마 아빠가 있다는 것도 잊지 말고. 서두르지 않아도 괜찮아. 천천히, 네 속도로 한 걸음씩 나아가면 된단다.

돈, 도대체 무엇?

돈이란 도대체 무엇일까, 한 번쯤 깊이 생각해 본 적 있니? 우리는 태어나서 죽을 때까지 돈과 함께 살아가지만, 막상 그 정체를 붙잡으려 하면 손 사이로 빠져나가는 모래처럼 참 잡기 어려운 존재라는 생각이 들곤 한단다. 돈은 어떤 이에게는 삶을 지탱해 주는 든든한 버팀목이 되지만, 또 다른 이에게는 끝없는 불안과 욕망을 키우는 시험지가 되기도 해. 그래서 사람들은 "**돈은 그 사람의 인격을 비추는 거울**"이라고 말하는지도 모르겠구나.

생각해 보면, 우리의 인생에는 돈이 끼어들지 않는 순간이 거의 없어. 태어나는 순간부터 병원비가 필요하고, 자라는 동안에는 먹고 입고 배우는 데 돈이 들어가지. 성인이 되면 월급과 집값, 노후 준비 같은 현실적인 문제 속에서 돈의 무게를 더 절실히 느끼게 되고, 삶의 마지막을 정리하는 순간에도 돈은 끈질기게 그 자리에 있어. 돈은 마치 그림자처럼 늘 우리 곁에 붙어 다니는 존재야. 시대가 바뀌고 사회가 달라져도, 그 형태만 달라질 뿐 완전히 사라지지는 않지.

돈을 잘 다루는 사람에게 돈은 최고의 종이 된단다. 주인을 대신해 일하고, 시간을 벌어 주고, 선택의 폭을 넓혀 주지. 여행을 통해 세상을 넓게 보게 하고, 배움을 이어 갈 기회를 주며, 아픈 사람을 치료하고 가족을 지키는 힘이 되기도 해. 특히 누군가를 돕는 데 쓰일 때 돈은 놀라운 힘을 발휘해.

거룩한 유산

하지만 돈의 얼굴은 언제나 밝지만은 않아. 방향을 잃은 돈은 주인이 아니라 폭군이 되지. 더 많이 가지려는 욕심은 끝이 없고, 비교는 마음을 메마르게 만들어. 돈이 기준이 되는 순간, 사람의 가치는 숫자로 환산되고 관계는 거래처럼 변해 버릴 수 있어. 돈이 종이어야 할 자리에 주인으로 올라서는 순간, 삶의 균형은 무너지기 시작한단다.

고대 철학자 아리스토텔레스는 "부는 삶의 목적이 아니라, 목적을 이루기 위한 수단"이라고 말했어. 이 말처럼 돈 자체는 선도 악도 아니야. 돈은 의지를 갖지 않고, 판단도 하지 않아. 그저 쓰는 사람의 선택과 가치관을 그대로 드러낼 뿐이지. 그래서 돈을 어떻게 벌고, 어떻게 쓰는지는 결국 그 사람이 어떤 삶을 살고 싶은지를 말해 주는 것이기도 해.

결국 돈을 제대로 안다는 건, 돈을 많이 아는 게 아니라 **자기 자신을 잘 아는 것**이란다. 욕망이 어디까지인지, 무엇까지는 필요하고 무엇부터는 과한지 스스로에게 물을 줄 아는 사람만이 돈과 건강한 거리를 유지할 수 있어. 그럴 때 돈은 우리 삶을 흔드는 폭풍이 아니라, 목적지로 가기 위한 바람이 되어 준단다.

내가 하고 싶은 말은 이것뿐이야. 돈에 끌려다니지 말고, 돈을 다루는 법을 배워라. 그러면 돈은 네 삶을 위협하는 존재가 아니라, 묵묵히 곁에서 도와주는 든든한 도구로 남을 거야.

호기심은?

—◆—

호기심이라는 건, 인간이 세상을 이해하고 스스로를 넓혀 나가는 가장 근원적인 힘이라는 생각이 든다. 눈에 보이는 것 너머를 알고 싶어 하고, 이미 아는 것에 머물지 않으려는 마음. 그 작은 움직임 하나가 인간을 오늘의 자리까지 데려왔다고 할 수 있지.

어릴 적을 떠올려 보렴. 우리는 세상을 질문으로 배웠어. "달에는 정말 토끼가 살까?", "풍선 수백 개를 손에 쥐면 하늘로 날아갈 수 있을까?", "사랑에도 무게나 온도를 재는 저울이 있다면 어떤 숫자가 나올까?" 그런 질문들은 어른의 눈에는 엉뚱하고 쓸모없어 보일지도 몰라. 하지만 바로 그 엉뚱함 속에 인간의 상상력이 자라고, 사고의 경계가 넓어졌단다.

철학자 S. 레오나드 루빈슈타인은 호기심을 이렇게 표현했대. **"기꺼이, 자랑스럽게, 그리고 열심히 자기의 무지를 실토하는 행위."**

이 말은 호기심의 본질을 참 잘 드러내 주는 것 같아. 호기심이 있다는 건 '나는 아직 모른다'는 사실을 인정하는 용기이자, 그 무지를 부끄러워하지 않고 앞으로 나아가려는 태도란다. 모른다고 말하는 순간 자존심이 다칠 수도 있지만, 사실 성장은 언제나 그 지점에서 시작돼. 아는 척하지 않고 질문하는 사람만이 더 넓은 세계를 만나게 되거든.

거룩한 유산

물론 호기심이 언제나 고상하고 안전한 길로만 향하는 건 아니야. 때로는 엉뚱하고, 때로는 위험해 보이며, 심지어 무모하게 느껴질 수도 있지. 역사 속 많은 도전과 실험은 처음엔 '쓸데없는 짓'이나 '미친 생각'으로 불렸단다. 하지만 그 무모해 보이는 질문들이 쌓여 지금의 과학과 예술, 기술이 만들어 졌어. 중요한 건 호기심을 억누르는 게 아니라, 그 방향을 어떻게 다듬고 책임 있게 키워 가느냐야.

그럼에도 분명한 건, 모든 진보의 출발점에는 언제나 호기심이 있었다는 사실이란다. "왜?"라는 질문이 세상의 원리를 밝혔고, "어떻게?"라는 물음이 삶을 편리하게 만들었으며, "만약?"이라는 상상이 인간을 지구 밖으로까지 이끌었지. 아인슈타인도 이런 말을 했단다. "나는 **특별히 똑똑한 것이 아니라, 단지 호기심이 많았을 뿐이다.**" 천재로 불린 사람조차 자신을 그렇게 설명했을 만큼, 호기심은 인간을 움직이는 가장 강력한 힘이야.

애야, 호기심은 본질적으로 죄가 없어. 오히려 세상이 너무 익숙해지고, 모두가 같은 생각만 할 때 새로운 질문을 던지는 사람이 있어야 변화가 시작돼. 당연함을 의심하고, 익숙함에 질문을 던지고, 불가능해 보이는 영역을 조심스럽게 두드리는 사람 덕분에 세상은 조금씩 앞으로 나아가는 거란다. 호기심은 '지금의 나'에 머무르지 않고, '더 나은 나'를 향해 한 걸음 내딛게 해 주는 힘이라는 걸 꼭 기억하렴.

몸은 악기다

───────◆◆◆───────

지난밤엔 오랜만에 기타를 꺼내 노래 몇 곡을 불러봤다. 줄을 고르고, 조심스레 튕기다 보니 문득 이런 생각이 들더구나. 어쩌면 우리 몸도 악기와 참 많이 닮아 있다는 생각 말이야. 악기가 아름다운 소리를 내려면 늘 세심하게 조율하고, 먼지를 닦고, 습도를 맞추며 관리해야 하듯, 우리의 몸도 꾸준히 보살펴야 제 기능을 할 수 있단다. 아무리 값비싼 명품 악기라도 오래 방치하면 음이 틀어지고 삐걱거리듯, 몸 역시 오랫동안 움직이지 않으면 관절이 굳고 근력이 빠지며, 예전엔 대수롭지 않던 일에도 쉽게 지치게 되지.

몸을 잘 쓰는 데 특별한 비법이 필요한 건 아니야. 하루에 짧은 산책 한 번, 가볍게 몸을 늘려 주는 스트레칭, 숨을 깊이 들이마시는 습관 같은 사소한 움직임만으로도 몸은 "아, 아직 쓰이고 있구나" 하고 생기를 되찾아. 운동이 꼭 기록을 세우거나 남에게 보여 주기 위한 것이 아니라, 몸이라는 악기를 녹슬지 않게 지켜 주는 최소한의 조율이라는 걸 기억하면 좋겠구나. 단련된 몸은 그 자체로 삶의 리듬이 되고, 움직임 하나하나가 살아 있다는 증거가 되어 돌아오거든.

또 하나 느낀 건, 악기가 어떤 연주자를 만나느냐에 따라 전혀 다른 소리를 낸다는 사실이야. 같은 악기라도 다정한 손길을 가진 사람에게서는 따뜻한 음색이 나오고, 거칠고 성급한 손을 만나면 금세 날카로운 소리를 내지. 몸도 마찬가지란다. 몸을 소중히 여기고 존중하는 주인을 만나면 오래도록 균형을 유지하며 제 몫을 해내지만, 무관심하거나 필요 이상으로 혹사당하면 처음엔 작은 신호로 경고하다가 결국 탈이 나고 말지. "몸은 거짓말을 하지 않는다"는 말이 괜히 있는 게 아니야. 몸은 늘 주인의 태도를 그대로 비춰 주는 거울이란다.

악기가 사랑받을 때 가장 깊고 고운 울림을 내듯, 몸도 사랑을 받을 때 가장 큰 힘을 발휘해. 충분히 자게 해 주고, 제때 밥을 먹게 하고, 목마르지 않게 물을 건네는 일, 그리고 아프다고 신호를 보내면 잠시 멈추어 쉬어 주는 선택. 이런 것들이 모두 몸을 향한 기본적인 예의야. 철학자 몽테뉴는 "몸을 돌보지 않는 정신은 오래 버티지 못한다"고 했단다. 몸과 마음은 따로 떨어져 있지 않아서, 몸을 존중하는 태도는 곧 삶 전체를 존중하는 태도가 되지.

결국 몸은 잘 다루면 평생 함께 아름다운 소리를 내는 악기야. 매일 조금씩 조율하고, 필요할 때 쉬게 해 주고, 무리하지 않도록 균형을 잡아 주면 긴 시간 동안 안정적인 연주를 이어 갈 수 있지. 하지만 관리를 소홀히 하면 소리는 흐트러지고, 언젠가는 연주를 멈춰야 할 순간이 오기도 해.

애야, 몸이라는 악기에서 어떤 음색을 들려줄지는 결국 네 손길에 달려 있어. 조급하게 몰아붙이기보다, 정성껏 다루고 자주 살피며 조율해 주렴. 그럴 때 너의 삶은 더 깊고 안정된 울림을 오래도록 이어 갈 수 있을 거야.

요리는 예술

오늘은 요리에 관한 이야기를 하고 싶다. 사실 요리는 단순히 배를 채우는 행위가 아니란다. 조금만 들여다보면, 요리는 정성과 기술이 어우러져 하나의 작품을 만들어 내는 창작 활동이야. 그래서 사람들은 오래전부터 요리를 '예술'에 비유해 왔지. 프랑스의 한 요리사는 "**요리는 눈으로 시작해 마음을 거쳐 혀로 완성된다**"고 했는데, 그 말처럼 좋은 요리는 냄비에 불을 올리기 전부터 이미 예술의 영역에 들어서 있단다. 재료를 고르고 다듬는 손길, 불의 세기와 시간, 양념의 균형 같은 작은 선택 하나하나가 전혀 다른 세계를 만들어 내거든. 요리를 하는 사람은 자연스럽게 창작자이자 연주자가 되고, 감각을 다루는 예술가가 되는 셈이야.

보기 좋게 차려진 음식은 한 폭의 그림처럼 시각적인 즐거움을 주지. 초록빛 채소와 붉은 생선, 노릇하게 익은 고기와 윤기 도는 하얀 밥알이 어우러진 그릇들은 마치 물감을 풀어놓은 정물화처럼 보이지. 같은 재료라도 어떻게 담아내느냐에 따라 전혀 다른 인상을 주는 걸 보면, 접시는 캔버스가 되고 요리사는 화가가 되는 거지. 식탁 위에 놓인 작은 그릇 하나에도 조화와 균형이라는 미학이 숨어 있단다.

향기는 또 다른 장르의 예술이야. 잘 차려진 음식에서 풍겨 나오는 향기는 악기 없이도 마음을 흔드는 음악 같지. 달콤하게 볶아진 양파 향, 갓 구운 빵

거룩한 유산

에서 퍼지는 고소함, 오래 끓인 국물에서 올라오는 깊고 그윽한 냄새…. 어떤 향은 어린 시절의 기억을 불러오고, 어떤 향은 하루의 피로를 풀어 주기도 하지. 그래서 누군가는 **"음식 냄새는 가장 솔직한 추억의 열쇠"**라고 말했나 봐.

실제로 음식을 먹는 순간은 춤과도 닮아 있어. 잘 조리된 음식의 식감이 입 안에서 부드럽게 굴러가고, 씹을 때마다 달라지는 맛의 층위에 몸과 마음이 리듬을 타듯 반응하지. 바삭함 뒤에 오는 촉촉함, 처음엔 담백하다가 끝에 남는 은은한 단맛…. 우리는 그저 먹는 게 아니라, 미각으로 감정을 체험하고 입 안에서 작은 파티를 여는 거야. 그래서 맛을 설명하는 말은 자연스레 시가 되지. **"입 안에 봄이 피어난다"**, **"혀끝에 남는 여운이 길다"** 같은 표현들이 괜히 나온 게 아니란다.

사람의 마음을 얻는 일이 어렵다고 하지만, 요리만큼 자연스럽게 마음의 문을 여는 방법도 드물지. 누군가를 위해 음식을 만든다는 건 말로 다 하지 못한 감정을 손끝에 담아 전하는 일이거든.

애야, 요리는 우리 일상 속에서 누구나 누릴 수 있는 가장 친근한 예술이야. 거창한 무대나 특별한 도구가 없어도, 감각과 감정이 살아 움직이고 사람과 사람을 이어 주는 다리가 되어 주지. 그래서 요리를 예술이라 부르는 건 과장이 아니란다. 요리는 작은 재료로 큰 감동을 만들어 내는, 우리 곁에 가장 가까이 있는 예술이니까.

음악은 절대 선(善)

애야, 우리가 살아가는 하루하루 속에는 늘 자연스럽게 스며드는 게 하나 있단다. 아침에 눈을 뜨자마자 창가로 번져 들어오는 햇빛, 몸을 깨우는 따뜻한 차 한 잔, 괜히 분위기를 바꾸고 싶어지는 오후의 공기, 비 오는 날 이유 없이 내려앉는 마음의 그늘, 혹은 설명할 수 없지만 몸이 먼저 반응해 리듬을 타고 싶어지는 순간까지. 그 모든 장면 뒤에는 늘 음악이 조용히 자리하고 있어. 우리가 의식하든 못 하든, 음악은 언제나 삶의 배경처럼 흐르고 있지.

음악은 그 어떤 말보다 빠르게 마음의 문을 두드린단다. 굳이 설명하지 않아도, 해석하지 않아도, 단숨에 감정의 중심으로 들어와 버리지. 말없이 공간을 채우고, 우리가 미처 꺼내지 못한 마음을 대신 말해 주는 존재. 그래서 음악은 단순한 소리가 아니야. 눈에 보이지 않지만 분명히 존재하는, 마음을 다루는 마법 같은 것이지.

어떤 곡은 이미 가진 기쁨을 더 크게 증폭시켜 주고, 어떤 멜로디는 혼자 감당하기 버거운 슬픔을 조용히 거두어 가고. 기쁜 일은 곱셈처럼 마음을 키워 주고, 생각이 복잡한 날에는 나눗셈처럼 감정을 정리해 주기도 하지. 그래서 우리는 말이 막힌 순간에도 음악 덕분에 이해받고, 설명 없이도 위로받을 수 있어. 혼자 있는 시간조차 음악은 우리를 외롭게 두지 않고, 침묵 속에서도 다정하게 말을 걸어 주거든.

거룩한 유산

애야, 세상에서 음악만큼 '순간'을 바꾸는 힘을 가진 게 또 있을까 싶다. 고요한 방 안을 채우는 한 줄의 선율이 사람의 표정과 호흡, 걸음의 속도까지 바꿔 놓기도 하지. 출근길에 듣는 노래 하나로 하루의 무게가 달라지고, 잠들기 전의 음악 한 곡이 마음을 원래 자리로 되돌려 놓기도 해. 때로는 스스로도 몰랐던 감정을 깨우고, 잊고 지냈던 기억을 불러내 마음을 흔들기도 하지. 음악은 우리가 준비하지 않은 순간에도 삶을 다시 바라보게 만드는 힘을 지녔단다.

그래서 철학자 니체는 이런 말을 남겼지. "음악이 없는 삶은 잘못된 삶이며, 피곤한 삶이며, 유배당한 삶이기도 하다."

이 말은 결코 과장이 아니야. 음악은 인간이 온전한 삶을 살기 위해 필요한 숨과도 같은 존재거든. 음악이 없었다면 우리의 기쁨은 훨씬 작아졌을 테고, 슬픔은 훨씬 더 무겁게 눌러 왔을 거야.

음악은 우리 감정과 시간을 품고 흐르는 절대 선에 가까운 존재야. 우리를 구속하지 않으면서도 끝까지 곁을 지켜 주고, 아무것도 요구하지 않으면서도 마음을 채워 주는 선물이지. 종교에서 위로를 받지 못하는 순간에도, 사람에게서 힘을 얻지 못하는 시간에도, 마지막까지 남아 우리를 감싸 주는 건 음악이야. 결국 음악은 우리 삶을 더 선하게, 더 부드럽게, 더 깊게 만들어 주는 절대 선이라는 걸 잊지 말렴.

미술, 천착(穿鑿)하라

오늘은 어릴 적 그림 그리기를 무척 좋아했던 널 떠올리며 이 글을 쓴다. 우리는 살아오면서 많은 것을 보고 배우지만, 미술에 대해서는 그저 스쳐 지나온 경우가 많지. 미술이 무엇인지, 어떻게 바라봐야 하는지, 또 우리 삶과 어떤 관련이 있는지 깊이 생각해 본 적 없이, '나랑은 먼 세계'라고 치부하며 살아왔을지도 몰라.

그렇게 미술을 향한 관심을 미뤄 두었다면, 마치 끝없이 펼쳐진 사막을 걷기만 하면서도 한 번도 오아시스를 발견하지 못한 것과 비슷할 거야. 우리 곁에는 풍요와 감동, 위안과 깨달음을 줄 수 있는 예술이 있었는데, 그 문을 열어 보지 않은 셈이지. 하지만 기억해, 늦었다고 생각할 필요는 없어. 문은 언제든 열 수 있고, 마음만 있으면 시작할 수 있단다.

미술은 결코 멀리 있지 않아. 어렵지도 않고, 생각보다 훨씬 가까이 있어. 미술은 먼저 우리 안의 게으른 감각을 흔들어 깨워. 반복되는 일상 속에서 굳어 버린 마음을 두드리고, 식어 버린 호기심을 다시 피어나게 하지. 어린아이처럼 다시 묻고, 평범하게 보였던 사물 앞에서 새로운 시선을 갖게 만들어 줘.

또 미술은 누구에게나 내재된 창작의 본능을 서서히 되살려 주지. '나는 창작과 거리가 먼 사람'이라고 생각해도, 그림 한 점을 바라보는 순간 마음 깊은 곳에 잠들어 있던 감성이 깨어나곤 하지. 미술은 우리의 무뎌진 감각을 어루만지고, 가려져 있던 내면의 목소리를 하나씩 드러나게 해. 조금씩 감정을 느끼고 표현하는 법을 배우는 과정이기도 하단다.

미술을 아는 사람들은 말하지. 한 점의 그림이 인생을 바꿀 수도 있다고. 사실 그림 자체가 사람을 바꾸는 건 아니야. 하지만 그 앞에서 자신을 들여다보고, 삶의 결을 깨닫는 순간, 사람은 조금씩 변하게 되지. 프랑스 화가 모네는 "그림을 그린다는 것은 눈으로 보는 것뿐 아니라 마음으로 보는 것이다"라고 했단다. 미술은 우리의 시선을 외부에서 내면으로 돌려, 잊고 있던 본질과 마주하게 만들어 주거든.

미술은 결코 소수만 누릴 수 있는 세계가 아니야. 누구나, 언제든, 마음먹는 순간 그 문을 열 수 있어. 그림책을 펼치거나, 가까운 미술관을 찾거나, 그냥 스케치북과 연필을 들고 마음껏 선을 긋는 것만으로도 충분하지. 지금이라도 문을 살짝 열어 보렴. 그 안에는 생각보다 훨씬 넓고 깊은 세계가 기다리고 있어.

그 안에서 너 자신과 대화하고, 새로운 나를 발견하는 기쁨을 느껴 봐. 지금부터 미술에 제대로 빠져 보렴. 어쩌면 그림 한 점, 색 하나, 선 하나가 네 마음과 삶을 조금 더 풍요롭게 만들어 줄지도 몰라.

영화는 영화(榮華)다

———— •◆• ————

영화는 영화(榮華)라는 말을, 오늘은 너에게 전하고 싶구나.

애야, 아빠는 가끔 생각한단다. 영화란 단순히 시간을 보내는 오락이 아니라, 인간이 가진 거의 모든 재능과 사유가 한자리에 모여 피어나는, 가장 화려하면서도 치열한 예술이라는 것을 말이다.

문학이 이야기를 빚고 문장이 뼈대를 세우며, 음악이 감정의 숨결을 불어넣고, 미술이 색과 구도로 장면을 완성한다. 무용이 몸의 언어로 감정을 전하고, 체육이 가진 역동성과 긴장감이 화면에 생동을 더한다. 여기에 과학과 상상력이 만나고, 기술과 응용이 더해지며 한 편의 영화가 탄생한다. 그 과정은 결코 고요하지 않다. 지지고 볶고, 닦고 조이고, 칠하고 흔들며 수없이 부딪히고 실패한 끝에야 비로소 스크린 위의 한 장면이 완성된다. 그래서 영화는 결과만큼이나 과정이 뜨거운 예술이다.

영화는 사회와 경제, 문화를 조용히 흔들고 때로는 거세게 진동시키기도 하지. 한 편의 영화가 시대의 공기를 바꾸고, 사람들의 언어와 시선을 바꾸며, 세상이 당연하게 여겨 온 질서에 질문을 던진다. 영화는 철학과 사상, 이념을 잠시 마취시키듯 내려놓게 만들기도 하고, 반대로 우리가 외면해 온 진실을 정면으로 마주하게 하기도 한다. 어떤 영화는 인간의 내면 깊숙한 곳을 파고들고, 어떤 영화는 우주와 신의 영역에까지 대적하듯 질문을 던지기도

거룩한 유산

하고. 그 질문 앞에서 우리는 비로소 생각하는 존재가 된단다.

알프레드 히치콕은 "영화는 삶에서 지루한 부분을 잘라 낸 것"이라고 말했다. 하지만 아빠는 여기에 한마디를 더 보태고 싶다. 영화는 삶에서 중요한 부분을 선명하게 드러내는 예술이기도 하다고 말이다. 스크린 속 인물들의 선택과 후회, 사랑과 상실을 바라보며 우리는 결국 자기 자신의 삶을 비춰 보게 된다. 그래서 영화는 보고 나서 끝나는 것이 아니라, 보고 난 뒤에 오래 남는다.

그러기에 영화는 어떤 장르의 예술보다도 영화롭고, 그만큼 영광스럽다. 만약 네 삶을 조금 더 영화롭게, 조금 더 깊고 풍성하게 만들고 싶다면, 틈나는 대로 영화를 보기를 권하고 싶다. 가볍게 웃고 지나가는 영화도 좋고, 마음을 무겁게 하는 영화도 괜찮다. 중요한 것은 그 안에서 네가 무엇을 느끼고 어떤 질문을 품게 되느냐다.

얘야, 스크린을 통해 만난 수많은 이야기들이 네 생각의 폭을 넓히고, 감정의 결을 부드럽게 만들어 주기를 바란다. 그리고 언젠가 네 인생이라는 영화의 장면 하나하나가 더 깊고, 더 영화롭게 빛나기를, 엄마 아빠는 오늘도 조용히 응원한다.

어떻게 볼 것인가?

추억이란

애야, 추억이란 게 뭘까, 한번 깊이 생각해 본 적 있니? 나는 가끔 추억을 알맹이가 비어 있는 선물 상자와 같다고 느낀다. 손에 들면 묵직한 것 같지만, 열어 보면 겉으로는 아무것도 없는 것처럼 보여. 그런데 그 빈 공간을 마음으로 채워 보면, 그 안에는 그때의 감정과 온기가 고스란히 남아 있지.

추억은 또 지울 수 없는 마음속의 일기장 같기도 해. 날짜를 쓰지도, 문장을 정리하지도 않았지만 시간이 흐를수록 더 선명하게 남는 기록들이 있거든. 어린 시절의 놀이, 처음 도전했던 설렘, 아팠던 헤어짐, 사소한 일상의 풍경들까지… 시간이 지날수록 잉크처럼 스며들어, 지워지지 않는 흔적이 되지.

추억은 말랐지만 향기를 잃지 않는 장미꽃 같기도 해. 손으로 만지면 바스러질 듯 약하지만, 코끝을 스치면 그 시절의 공기와 온도가 살아나. 이미 지나간 시간이지만, 그 향기는 현재의 우리를 흔들 만큼 강렬하지. 시들었지만 완전히 사라지지 않는, 시간이 만들어 낸 또 다른 형태의 향기, 그게 추억이야.

또 추억은 되돌아갈 수 없는 시간의 정거장 같기도 해. 우리 삶의 기차는 한 번도 뒤로 가지 않으니, 그 정거장에 다시 설 수는 없어. 하지만 그곳이 어디였고, 무엇을 느꼈고, 누구와 함께였는지는 마음속에 영원히 남아 있단다. 그 정거장은 여전히 우리 마음 한편에서 작은 불을 밝히고 있지. 닿을 수 없

거룩한 유산

어서 더 소중한 곳, 바로 그게 추억이야.

사람들이 추억을 그리워하는 이유도 바로 그거야. 다시 똑같이 재현할 수 없기 때문이지. 같은 장소, 같은 계절, 같은 음악을 가져온다 해도, 그 순간의 감정은 완벽히 돌아오지 않거든. 그래서 사람들은 추억 앞에서 묘한 아쉬움과 따뜻함을 동시에 느끼는 거야.

철학자 세네카는 이렇게 말했지. "과거의 즐거움은 기억 속에서 다시 살아난다." 맞는 말이야. 지나간 순간이 아무리 작고 평범해 보여도, 그것을 기억하는 마음속에서 우리는 다시 살아갈 힘을 얻거든.

그래서 추억은 많으면 많을수록 좋아. 나이가 들수록 추억은 삶의 재산이 돼. 삶의 무게가 점점 더 무거워질수록, 우리는 과거의 따뜻한 순간들에서 다시 힘을 얻는단다. 화려하지 않아도 좋고, 특별하지 않아도 괜찮아. 중요한 건 그 순간들이 우리 안에서 작은 빛으로 남아 있다는 거야.

결국 추억은 우리가 스스로 모아 온 삶의 보물이야. 그리고 그 보물들은 나이를 먹을수록 더 값지게 빛나지. 그러니 애야, 매 순간을 소중히 여기고, 작은 기억 하나라도 마음에 담으며 살아가거라.

결혼

애야, 네가 결혼을 해도 좋을 나이가 되었구나 싶어 오늘은 이 이야기를 꺼내 본다. 사람의 삶에서 수많은 선택이 있지만, 결혼만큼 깊고 오래 영향을 미치는 선택도 드물단다. 인간이 만들어 낸 제도 중 가장 아름다우면서도, 동시에 가장 이해하기 어려운 것이 결혼이라는 말이 괜히 나온 게 아니야. 사랑의 결실처럼 보이기도 하고, 연애의 완성처럼 느껴지기도 하지만, 결혼이 늘 행복만 보장해 주는 새로운 출발선은 아니거든. 때로는 삶을 단단히 붙들어 주는 닻이 되지만, 또 어떤 순간에는 책임이라는 이름의 무거운 무게로 느껴지기도 하지. 그래서 소크라테스가 "결혼은 해도 후회, 안 해도 후회"라고 했나 보다. 그만큼 결혼에는 인간의 기대와 현실이 함께 얽혀 있단다.

결혼은 단순히 두 사람이 한집에 사는 일이 아니야. 서로 다른 환경, 다른 가치관, 다른 상처를 가진 두 사람이 한 방향을 바라보며 살아가겠다고 약속하는 일이란다. 연애할 때는 서로의 좋은 면이 먼저 보이지만, 결혼을 하면 사소한 습관 하나, 말투 하나까지 삶 속에서 고스란히 마주하게 되지. 그래서 누군가는 "결혼은 상대를 바꾸는 게 아니라, 나 자신을 비추는 거울"이라고도 했단다. 사랑만으로는 부족하고, 이해하려는 노력과 참아 내는 지혜, 그리고 함께 책임지려는 마음이 꼭 필요해.

러시아 속담에 이런 말이 있단다. **결혼을 앞둔 사람은 마음속으로 세 번 기도해**

거룩한 유산

야 한다고. 그만큼 결혼은 감정의 높낮이만으로 결정할 일이 아니라, 인생 전체를 바꾸는 선택이라는 뜻이겠지. 상대의 삶을 존중할 준비가 되었는지, 나의 욕심을 조금 내려놓을 수 있는지 스스로에게 묻는 시간이 필요하다는 말이기도 해.

그리고 결혼은 예식이 끝나는 날로 완성되지 않는다. 오히려 그날이 진짜 시작이지. 그래서 나는 "**결혼 후에는 매일 기도해야 한다**"고 말하고 싶다. 오늘 하루 상대를 이해하게 해달라는 기도, 말 한마디를 부드럽게 하게 해달라는 기도, 서운함보다 사랑을 먼저 보게 해달라는 기도 말이다. 이런 작은 마음들이 쌓여서 결혼을 지탱하는 힘이 된다.

애야, 결혼의 행복은 운이 아니라 태도에서 나온다. 서로를 향한 성실함, 위기 속에서도 손을 놓지 않겠다는 책임감, 그리고 희로애락을 함께하겠다는 조용한 결심 말이야. 결혼은 선택이자 책임이고, 매일 이어 가는 마음의 약속이란다. 언젠가 네가 결혼을 선택하게 된다면, 결정하기 전에는 깊이 생각하고, 선택한 뒤에는 서로를 위해 매일 기도하며 살아가길 바란다. 그게 오래가는 사랑의 비밀이니까.

오늘 밤엔 특별히 너의 결혼관이 올바로 세워지길 기도한다.

병(病)에 걸리거든

⬥◆⬥

   어제는 지인의 병문안을 다녀오며 많은 생각을 하게 되었다. 그래서 오늘은 **병(病)**에 대해 이야기를 나누고 싶구나. 살다 보면 병은 누구에게나 찾아온다. 가난한 사람에게도, 부유한 사람에게도, 권력을 쥔 이에게도, 아무것도 없는 사람에게도 예외는 없다. 기쁨과 슬픔은 사람마다 다르게 겪지만, 병만큼은 누구도 피해 갈 수 없는 인생의 손님이란다. 평소엔 그림자처럼 조용히 따라다니다가, 어느 날 문득 우리 앞에 모습을 드러내는 존재지. 그래서 누군가는 "병은 삶이 우리에게 말을 거는 방식"이라고도 했단다.

   병이 찾아오면 가장 먼저 해야 할 일은 몸을 제대로 돌보는 것이다. 의사의 진단과 치료를 믿고 따르며, 의학이 주는 도움을 겸손하게 받아들이는 태도가 필요하다. 몸이 아플수록 막연한 두려움이나 부정적인 상상에 빠지기 쉬운데, 그런 마음은 회복에 아무런 도움이 되지 않는다. 의사들은 이런 말을 하지. "치료는 약이 하지만, 회복은 삶의 태도가 돕는다"고. 병을 겪는 동안 우리는 비로소 살아 있다는 사실이 얼마나 기적 같은 일인지 깨닫게 된다.

   하지만 병 앞에서 무엇보다 중요한 건 마음이다. 몸이 아프다고 해서 마음까지 무너질 필요는 없다. 두려움과 불안, 분노와 좌절이 밀려오는 건 자연스러운 일이지만, 그 감정에 끌려다니면 병보다 먼저 삶의 힘이 약해지고 만다. 마음을 다스린다는 건 감정을 억누르는 것이 아니라, 현실을 담담히 받아들이고 스스로를 안정시키는 일이다. 스토아 철학자 에픽테토스는 "우리를 괴롭히는 것은 사건이 아니라, 사건을 바라보는 우리의 생각"이라고 했단다.

병 앞에서는 결국 인간의 한계를 인정해야 하는 순간도 온다. 아무리 애써도 손에 쥘 수 없는 영역이 있다는 걸 받아들이는 일은 절망이 아니라, 오히려 깊은 겸손이자 지혜다. 몸은 의사에게 맡기고, 목숨은 하늘에 맡기되, 그 사이에서 마음만큼은 스스로 지켜 내는 것. 그것이 병과 마주한 사람이 가질 수 있는 가장 큰 힘이다. 옛사람들은 그래서 "할 수 있는 일은 다하되, 결과에는 연연하지 말라"고 했지. 이 태도는 병 앞에서 우리를 무너지지 않게 붙잡아 준다.

병은 또한 삶의 근본적인 질문을 우리 앞에 던진다. 왜 건강이 소중한지, 왜 하루를 허투루 살아서는 안 되는지, 남은 시간을 어떻게 살아야 하는지 말이다. 병상에 누워서야 비로소 햇살 한 줄기, 따뜻한 말 한마디, 평범한 일상이 얼마나 귀한 선물이었는지 깨닫는 경우도 많다. 그래서 병은 고통이지만 동시에 삶의 깊이를 더해 주는 스승이 되기도 한다.

몸은 의사에게 맡기고, 목숨은 하늘에 맡기며, 마음은 스스로 다스리는 것. 병 앞에서도 인간으로서의 존엄과 평정을 지키는 것. 그것이 긴 인생에서 우리가 반드시 배워야 할 중요한 지혜 중 하나란다.

생각과 상상

사람이 살아가면서 정말 중요한 두 가지 힘이 있는데, 그게 바로 **생각**
과 **상상**이란다. 생각은 네가 살아 있고, 깨어 있다는 가장 분명한 증거야.
데카르트가 "나는 생각한다, 고로 존재한다"고 말했듯이, 생각은 너를 현실 속
에 단단히 붙들어 주는 힘이지. 어떤 문제 앞에 섰을 때 먼저 머릿속에서 움
직이는 것도 생각이고, 지금의 상황을 돌아보고 잘못된 부분을 고쳐 나가게
하는 것도 결국 생각이란다. 생각이 있기에 우리는 실수에서 배우고, 어제를
반성하며, 오늘을 조금 더 나은 방향으로 다듬을 수 있는 거야.

하지만 애야, **상상은 생각보다 한 걸음 더 멀리 나아가는 힘**이란다. 상상은
지금 눈앞에 있는 현실을 그대로 받아들이는 데서 멈추지 않고, '만약에'라는
질문을 던지며 새로운 가능성을 만들어 내지. 누군가 하늘을 나는 모습을 상
상하지 않았다면 비행기는 태어나지 않았을 거고, 밤을 밝히는 빛을 떠올리
지 못했다면 전구도 없었을 거야. 아인슈타인이 "상상력은 지식보다 중요하다"
고 말한 이유도 여기에 있단다. 지식은 있는 것을 설명하지만, 상상은 없는
것을 만들어 내니까.

생각은 현실을 정리하고, 상상은 현실을 확장한다. 생각이 문제를 분석하고 방
향을 잡는 나침반이라면, 상상은 아직 가 보지 않은 바다로 나아가게 하는 돛
과 같아. 생각만으로는 지금의 삶을 잘 관리할 수는 있어도, 전혀 새로운 길

거룩한 유산

을 열기는 어렵다. 반대로 상상만 앞서가고 생각이 뒷받침되지 않으면, 그 상상은 공중에 뜬 구름이 되어 버리고 말지.

또 생각은 세상의 차이를 이해하게 해 준다. 사람마다 다른 생각과 입장, 상황의 차이를 인식하고 판단하게 하지. 하지만 상상은 그 차이를 넘어서는 힘이야. 서로 다른 사람의 입장이 되어 보게 하고, 아직 만나지 못한 미래의 나를 떠올리게 해. 그래서 상상력이 풍부한 사람일수록 공감의 폭도 넓고, 세상을 보는 눈도 깊어진단다.

그래서 부모로서 나는 너에게 꼭 말해 주고 싶다. **생각과 상상은 어느 하나만으로는 부족하다**는 걸. 생각은 삶의 기초를 단단히 만들고, 상상은 그 위에 가능성과 꿈을 세운다. 둘은 경쟁하는 사이가 아니라, 서로를 완성시키는 짝이야. 생각이 뿌리라면, 상상은 가지와 잎이란다.

결국 사람은 생각하고 상상할 때 성장한다. 생각을 통해 너 자신을 돌아보고, 상상을 통해 더 큰 세상을 그려라. 현실에 발을 딛되, 시선은 언제나 조금 더 먼 곳을 바라보렴. **생각을 멈추지 말고, 상상을 주저하지 마라.** 그 두 가지 힘이 너를 너답게 만들고, 네 인생을 더 넓고 깊게 이끌어 줄 거야.

다름을 인정하라

—◆—

사람은 보통 자기 눈에 보이는 세상을 기준으로 생각하고 판단하려는 습성이 있단다. 내가 보고 느낀 것이 전부라고 믿기 쉬운 거지. 하지만 세상에는 정말 다양한 시선과 마음, 그리고 각자가 걸어온 시간이 있어. 같은 장면을 보고도 전혀 다른 이야기를 하는 이유가 바로 거기에 있단다. 그래서 누군가는 이렇게 말했지. **"우리는 사물을 있는 그대로 보지 않고, 내가 어떤 사람인가에 따라 본다"**고 말이야.

예를 들어, 하늘에 떠가는 구름을 바라보는 순간을 떠올려 보렴. 어떤 사람은 그 구름이 활짝 핀 꽃처럼 보인다고 하고, 또 다른 사람은 새가 날개를 펼치고 날아가는 모습 같다고 말하지. 눈이 다르거나 시력이 다른 게 아니라, 마음속에 담긴 기억과 감성이 다르기 때문이야. 세상을 바라보는 방식은 그렇게 저마다 다르고, 그 다름 자체가 세상을 풍성하게 만들어 준단다.

시간을 느끼는 것도 마찬가지야. 누군가는 하루가 눈 깜짝할 사이에 지나간다고 하고, 또 누군가는 하루가 왜 이렇게 길고 느리냐고 말하지. 시계는 똑같이 흐르는데도 말이야. 일이 많고 마음이 바쁜 사람에게 시간은 늘 부족하고, 기다림 속에 있는 사람에게 시간은 유난히 더디게 흐른다. 그래서 **"시간은 누구에게나 공평하지만, 느끼는 건 공평하지 않다"**는 말이 생긴 거겠지.

거룩한 유산

그런데 우리가 종종 하는 실수가 하나 있단다. 나와 다르다는 이유만으로 상대를 틀렸다고 단정해 버리는 거야. 그러면 대화는 멈추고, 마음은 닫히고, 관계에는 금이 가기 쉽지. 하지만 애야, 다름은 잘못이 아니란다. 옳고 그름의 문제가 아니라, 살아온 길이 다르다는 증거일 뿐이야. 세상에 똑같은 삶을 산 사람이 없듯, 똑같은 생각을 가진 사람도 없거든.

다름을 인정하는 순간, 마음은 한결 편안해진다. 누군가와 생각이 다를 때 "왜 저래?"라고 묻기보다 "아, 저 사람은 저렇게 살아왔구나"라고 생각해 보렴. 그러면 괜한 분노 대신 이해가 자라고, 갈등 대신 여유가 생긴다. 철학자 쇼펜하우어도 "타인을 이해하는 만큼, 우리는 혼자서도 덜 외로워진다"고 했단다.

그러니 기억하렴, 애야. 같은 구름도 누군가에게는 꽃이고, 누군가에게는 새일 수 있어. 같은 하루도 어떤 사람에게는 순식간이고, 또 어떤 사람에게는 길고 버거운 시간일 수 있단다. 그건 틀린 게 아니라, 서로 다른 삶의 결과야.

다름을 받아들이는 사람은 세상을 더 넓게 살아간다. 자기 세계에만 머무르지 않고, 다른 사람의 세계까지 이해하려 애쓰는 순간, 너는 더 자유롭고 더 깊은 사람이 될 거야. 세상을 살아가는 진짜 지혜는, 결국 서로 다른 존재들과 어떻게 함께 살아가느냐에 달려 있단다. 이 마음을 품고 살아간다면, 너의 삶은 분명 더 넉넉하고 따뜻해질 거야.

역리(逆理)가 진리?

— ◆ —

    살다 보면 세상에는 도무지 상식으로는 이해되지 않는 일들이 적지 않다는 걸 너도 느끼게 될 거야. 그런데 이상하게도 그런 모순처럼 보이는 것들 속에 오히려 삶을 움직이는 중요한 진리가 숨어 있단다. 샘물은 퍼낼수록 더 차오르고, 곡식이 가득한 곳간도 비워야 새 곡식을 들일 수 있으며, 마음은 나눌수록 더 따뜻해지는 것처럼 말이야. 겉으로 보면 말이 안 되는 이야기 같지만, 삶은 그렇게 주고 비우고 나누는 과정을 통해 더 깊고 풍요로워진다는 걸 조용히 보여 주고 있지.

    용서도 그중 하나란다. 누군가에게 받은 상처를 꼭 쥐고 놓지 않으면, 상대보다 먼저 지치는 건 결국 자기 자신이야. 마음속에 미움과 억울함을 쌓아 두는 건, 스스로를 좁은 감옥에 가두는 것과 다르지 않거든. 그런데 용서를 선택하는 순간, 상황이 완전히 해결되지 않았더라도 마음은 한결 가벼워지고 자유로워져. 마하트마 간디가 **"약한 사람은 용서할 수 없고, 용서는 강한 사람의 선택"**이라고 말한 이유도 바로 여기에 있단다.

    봉사도 마찬가지야. 시간을 내고 힘을 쓰는 일이 처음에는 손해처럼 느껴질 수 있어. 하지만 남을 돕는 과정에서 오히려 마음이 단단해지고, 삶의 깊이가 더해지는 걸 많은 사람들이 경험하지. 사랑 역시 줄어들까 봐 아껴야 할 것이 아니라, 나눌수록 커지는 이상한 감정이야. 에리히 프롬은 **"사랑은 주**

는 것이지, 받는 것이 아니다"라고 했는데, 사랑을 줄수록 마음이 메말라지는 게 아니라 오히려 더 풍성해지는 이유가 거기에 있단다.

우리는 흔히 받는 것, 채우는 것, 쌓아 두는 것이 안전하다고 배워 왔지. 그래야 불안하지 않고, 그래야 성공한 삶 같으니까. 하지만 세상에는 그 반대의 길, 즉 주고 비우고 나누는 길에서 오히려 더 아름다운 열매가 맺히는 경우가 훨씬 많단다. 이것을 사람들은 역리(逆理)라고 부르지. 눈앞에서는 손해처럼 보이지만, 시간이 지나면 그 선택이 너를 더 성숙한 사람으로 만들어 준다는 뜻이야.

애야, 우리가 이런 역리를 받아들이기 어려운 건 당장의 손실이 너무 또렷이 보이기 때문이야. 하지만 삶의 본질은 눈에 보이는 것보다 훨씬 깊고 넓단다. 진짜 충만함과 행복은 얼마나 가졌느냐가 아니라, 마음을 어떻게 쓰고, 어떻게 나누느냐에서 생겨나지. 샘물이 퍼낼수록 차오르듯, 너도 베풀수록 오히려 더 풍요로워지는 마음을 언젠가는 분명히 경험하게 될 거야.

결국 역리가 진리에 가까운 이유는 단순해. 주고 비우고 나누는 과정 속에서 사람이 성장하고, 마음이 성숙해지며, 관계가 깊어지기 때문이야. 그런 삶은 쉽게 흔들리지 않고, 시간이 지나도 너를 조용히 지켜 주는 힘이 되어 준단다. 그래서 부모인 나는 네가 겉으로 보이는 손해에만 마음을 빼앗기지 않고, 그 안에 숨어 있는 더 큰 가치를 알아볼 줄 아는 사람이 되길 바란다.

관계 속에 해답이

사랑하라

애야, 사랑해라.

되도록 단순하게, 머릿속에서 굳이 계산하지 말고, 따져 보려고 하지도 말고, 이유를 복잡하게 만들지 말고 그냥 사랑해라. 사랑은 원래 특별한 날에만 꺼내 쓰는 감정이 아니다. 생일이나 기념일 같은 이벤트가 아니라, 숨 쉬듯 자연스럽게 매일의 순간에 스며들어야 하는 거지. 누군가가 말했지, **"사랑은 찾는 것이 아니라 흐르는 것이다"**라고. 굳이 쥐어짜거나 계산할 필요 없이 자연스러운 흐름 속에서 피어나는 것이 진짜 사랑이란다.

우린 종종 "사랑하려면 이유가 있어야 한다"고 생각하지만, 사실 이유가 있을 때보다 이유가 없을 때 사랑은 훨씬 더 깊어. 이해하려고 할수록 어려워지고, 설명하려고 할수록 작아지지만, 그냥 이유 없이 마음이 가는 그 사랑은 조건도 없고 계산도 없어서 더 순수하지. 이유 없는 사랑은 그렇게 누군가의 삶을 다시 일으키는 힘을 갖고 있어.

그리고 사랑한다는 건 누군가에게 대단한 걸 해 주어야 한다는 뜻도 아니다. 상대 마음을 한 번 더 헤아려 주고, 조심스럽게 감싸 주고, 때로는 아무 말 없이 곁을 지키는 것, "잘 지내니?" 하고 건네는 짧은 말 한마디만으로도 충분하다. 사랑이란 거창한 행동보다도 작은 온기가 더 큰 위로가 되곤 하지. 마더 테레사가 말했잖아. **"우리가 하는 일은 한없이 작지만, 그 안에 담긴 사

거룩한 유산

랑은 끝이 없다."**

어떤 노부부 이야기가 있어. 평생을 함께하면서 큰 선물도, 특별한 호강도 없었지만, 잠잘 때 서로의 손을 꼭 잡아 주는 습관이 그들의 사랑을 평생 지켜 주었다고. 결혼 50주년이 되던 날, 그들은 말했지. **"우릴 지킨 건 다른 게 아니라 매일 손 한 번 잡아 준 마음이었다"**고. 사랑은 그런 작은 지속성에서 힘을 얻는단다.

사람 마음이 쉽게 변하지 않는다고들 하지만, 사실 사랑의 따뜻함은 얼어붙은 감정조차 녹여 내는 힘이 있어. 겁먹고 내뱉은 말보다, 복잡한 설명보다, 끝까지 손 놓지 않는 그 태도 하나가 훨씬 큰 변화를 만들어. 그래서 사랑은 건너지 못할 바다를 건너게 하고, 포기하고 싶은 순간에도 우리를 한 발 더 나아가게 만들지.

결국 우리가 사랑해야 하는 이유는 단순하다. 사랑만큼 사람을 강하게 만들고, 삶의 어려움을 버티게 하는 감정이 없기 때문이야. 사람의 마음을 치료하고, 관계를 이어 주고, 스스로를 더 좋은 사람으로 바꾸게 하는 힘도 모두 사랑에서 나온다. 파울로 코엘료가 말했지. **"사랑은 우리가 가진 모든 두려움을 녹이고, 우리를 더 강한 존재로 만든다."** 그래서 사랑은 선택이 아니라, 삶을 살아가는 가장 훌륭한 하나의 방식이란다.

먼저 손을 내밀라

애야, 사람이든 일이든 먼저 다가갈 수 있는 사람이 되렴. 만나야 할 사람이 있는데 상대가 연락해 주기만을 기다리는 것보다, 네가 먼저 연락하는 것이 훨씬 성숙한 태도야. 관계라는 건 결국 먼저 손 내미는 사람이 따뜻함을 만드는 법이지. 작은 행동 하나가 "아, 이 사람은 배려가 있구나" 하고 상대에게 신뢰로 전해진단다. 한 기업가는 "**관계의 주도권은 먼저 움직이는 사람에게 있다**"고 말했어. 먼저 움직인다는 건 관심과 용기를 동시에 보여 주는 행동이기 때문이야.

약속이 있을 때도 마찬가지야. 시간 맞춰 나가는 것만으로는 충분하지 않단다. 최소한 5분 전에는 도착해야 해. 이 짧은 5분이 상대에게는 "이 사람은 나를 존중하는구나" 하는 느낌을 주지. 일본의 한 철학자가 "**시간을 지킨다는 것은 상대의 삶을 존중한다는 뜻**"이라 했는데, 참 맞는 말이지. 시간을 지키는 건 단순한 습관이 아니라 상대에게 건네는 가장 첫 번째 예의야.

사람을 대할 때는 이름과 직위를 정확히 불러 주는 것도 기본 중의 기본이야. 이건 형식적인 예절이 아니라, 상대를 소중한 인격체로 인정한다는 분명한 신호지. 링컨 대통령도 상대의 이름을 기억하려고 노력했다고 해. "**이름은 그 사람의 가장 달콤한 소리**"라며, 이름을 부르는 것만으로도 마음을 얻을 수 있다고 믿었다고 하지.

거룩한 유산

그리고 무엇보다 중요한 건 '듣는 마음'이란다. 사람들은 누구나 자기 이야기를 하고 싶어 하지만, 진짜 관계를 깊게 만드는 건 듣는 태도야. 한 상담가는 **"듣는다는 것은 사랑의 또 다른 표현"**이라고 했지. 말하려고만 하지 말고, 그 사람이 진짜로 원하는 게 무엇인지, 어떤 마음인지 잘 들어봐. 그게 관계를 가장 섬세하게 다듬는 방법이야.

상대가 좋은 의견을 말했을 때는 아끼지 말고 칭찬해라. 칭찬은 단순히 좋은 말을 던지는 게 아니라 그 사람의 가치를 인정해 주는 행동이야.

철강왕 카네기는 **"사람은 칭찬을 먹고 자라는 존재"**라고 했어. 작은 칭찬 하나가 관계를 훨씬 따뜻하게 만들지. 반대로 네 자랑은 되도록 줄이렴. 의도와 상관없이 상대를 작게 느끼게 하거나 마음의 거리를 만들 수 있으니까.

혹시 불편한 말을 해야 할 때가 있다면, 그럴수록 부드럽게 말해야 해. 같은 말이라도 온도에 따라 상대가 느끼는 감정은 완전히 달라진단다. 부드럽게 전하면 상처를 줄이지 않으면서도 전달하고 싶은 메시지를 잃지 않을 수 있지.

결국 사람 사이의 관계는 거창한 행동에서 만들어지는 게 아니야. 먼저 연락하는 용기, 시간을 지키는 기본, 올바른 호칭을 부르는 예의, 잘 들어주는 마음, 칭찬하는 태도, 부드러운 말… 이런 소소한 습관들이 쌓여 신뢰를 만들고, 관계를 깊게 하고, 사람과 사람 사이의 온도를 따뜻하게 유지해 주는 거란다.

좋은 사람이 되려면

애야, 가끔 이런 생각이 들 때가 있지. "좋은 사람은 어떤 사람일까?"

첫째로, 좋은 사람은 웃음을 잃지 않는 사람이란다. 밝게 웃는 사람 옆에 있으면 나도 모르게 기분이 좋아지지. 이건 단순히 입꼬리만 올라가는 게 아니라, 마음속에서 번져 나오는 빛과도 같아서 주변 사람에게 작은 행복을 전해 준단다. 철학자 쇼펜하우어도 말했지. **"웃음은 마음의 창문을 열어 준다"고.** 그런 사람 곁에는 행복도 자연스럽게 따라오는 법이야.

둘째, 좋은 사람은 감사를 입에 달고 사는 사람이야. 아주 작은 일에도 "고마워", "덕분이야"라는 말을 자연스럽게 할 줄 아는 사람은 마음이 따뜻하지. 감사할 줄 아는 사람은 남과 비교하지 않고, 있는 그대로를 소중하게 여겨. 그래서 그런 사람과 함께 있으면 관계가 훨씬 부드럽고 편안해진단다.

또 좋은 사람은 남의 이야기를 잘 들어 주는 사람이야. 단순히 듣는 척하는 게 아니라, 마음을 열고 상대의 감정까지 함께 느껴 주는 거지. 애야, 듣는다는 건 정말 큰 능력이란다. 미국 작가 마야 안젤루는 **"사람이 가장 원하는 건 단순히 이해받는 것"**이라고 말했어. 듣는 것만으로도 상대에게 큰 위로가 될 수 있단다.

거룩한 유산

좋은 사람은 **아랫사람에게도 겸손한 사람**이야. 나이가 많다고, 사회적 지위가 높다고 해서 우쭐하지 않고, 누구에게나 존중을 보여 주는 사람이란다. 이런 겸손은 겉으로만 보이기 위한 게 아니라, 마음 깊이에서 나오는 진짜 덕(德)이지.

또 좋은 사람은 **나누고 베풀기를 좋아하는 사람**이야. 가진 게 많아서가 아니라, 마음이 넉넉해서 베푸는 거지. 작은 도움 하나, 따뜻한 말 한마디, 시간을 조금 내주는 것만으로도 누군가는 큰 힘을 얻는다. 마더 테레사도 말했지. **"우리는 모두 큰 일을 할 수는 없지만, 작은 일에 큰 사랑을 담을 수 있다"고.** 베푸는 사람은 결국 자신도 더 행복해지거든.

얘야, 살아가다 보면 좋은 사람을 만날 때가 있어. 그런 사람과 시간을 보내면 삶이 더 따뜻하게 느껴지고, 그 사람을 닮고 싶다는 마음이 생기지. 동시에 너도 누군가에게 그런 사람이 될 수 있다는 사실을 기억했으면 좋겠다. 좋은 사람의 마음가짐은 특별히 어려운 것도, 태어날 때부터 가진 것도 아니야. 스스로 선택하고, 매일 조금씩 실천하면서 만들어지는 거란다.

얘야, 좋은 사람을 만나는 것도 중요하지만, 그보다 더 중요한 건 **네 자신이 좋은 사람이 되는 것**이란다. 그렇게 살다 보면, 네 삶도 더 풍요롭고 밝아지고, 너를 만나는 사람들의 삶도 더 따뜻해질 거야.

그런 사람이고 싶다

애야, 오늘은 부모 마음으로 이런 생각을 해 본단다. 우리 삶을 돌아보면, 정말 함께하고 싶은 사람이 따로 있더구나. 직장에서도 그런 사람이 있다면 얼마나 든든할까 싶어. 늘 실수만 반복하는 직원을 다그치기보다, 차근차근 알려 주고, 잘못한 부분을 바로잡도록 이끌어 주는 그런 사람 말이다. 아리스토텔레스가 말했듯, **"친구란 서로를 더 나은 사람으로 만들어 주는 존재"**라는 말이 떠오르기도 해. 그런 사람은 단순한 동료를 넘어서 인생의 멘토가 되어 준단다. 일하는 기술뿐 아니라, 세상을 살아가는 지혜와 사람을 대하는 마음가짐까지 자연스럽게 배울 수 있으니까.

가정에서도 마찬가지야. 돈으로 호강시켜 주지 못하더라도, 가족을 웃게 만들고 즐겁게 해 주는 사람이 있으면 집안이 얼마나 따뜻해지는지 모른단다. 아빠가 그런 사람이길 바라지만… 미국의 어느 심리학 연구에서는 가족 간의 작은 유머와 칭찬이 하루 전체의 행복감에 큰 영향을 준다고 하더구나. 평범한 하루 속에서도 작은 농담과 웃음으로 분위기를 환하게 만들고, 지친 마음에 살포시 위로를 건네는 사람. 함께 있으면 괜히 마음이 편안해지고, 행복해지는 사람 말이다.

친구들 사이에서도 이런 사람은 금세 드러나지. 힘든 일이 생기면 먼저 나서서 해결책을 찾고, 위험이나 어려움 앞에서도 쉽게 물러서지 않는 친구. 겉으로 티는 안 내도 늘 마음을 써 주고, 힘들 때 진심으로 손을 내밀어 주는 친구 말이다. 겉보기엔 평범해 보여도, 사실은 누구보다 든든한 버팀목이 되어 주는 사람이 있단다.

이런 사람과 함께하는 삶은 단순히 즐겁고 편안한 데서 끝나는 게 아니야. 서로 돕고, 배우고, 이해하는 과정 속에서 관계는 깊어지고, 하루하루가 훨씬 충만해지지. 그 속에서 진짜 신뢰와 존중, 따뜻함이 자라나는 거란다. 실제로 작은 친절과 배려가 쌓이면, 직장이나 가정, 친구 관계 모두에서 긍정적인 영향이 오래간다고 하지.

그리고 문득 이런 생각도 들어. '그런 사람이 나 자신이라면 얼마나 좋을까.' 하고 말이야. 누군가에게 힘이 되고, 웃음을 주고, 조용히 마음을 쓰는 사람. 실수하는 이들을 다독여 주고, 평범한 순간에도 작은 행복을 만들어 줄 수 있는 사람. 가족에게도, 친구에게도, 동료에게도 내가 그런 빛이 되어 줄 수 있다면 참 좋겠다는 생각이 들어.

결국 우리가 바라는 건 거창한 게 아니야. 일상 속에서 서로를 배려하고, 함께 웃고, 함께 성장하고, 어려움도 함께 나눌 수 있는 그런 사람. 그런 사람과 함께라면 인생은 훨씬 더 따뜻해지고, 더 행복해지고, 더 의미 있게 흐를 거야. 그래서 나는 오늘도 조용히 생각해 본다. **"그런 사람과 함께하고 싶다. 그리고 그런 사람이 바로 네가 되면 얼마나 좋을까."** 하고 말이야.

사랑받고 싶다면

애야, 사랑을 받고 싶다면 먼저 사랑을 줄 줄 알아야 한단다. 누군가의 마음을 얻는 일은 큰 이벤트나 멋진 말에서 시작되지 않아. 진짜 사랑은 일상 속에서 자연스럽게 스며 나오는 작은 배려, 조용한 관심, 그리고 상대의 마음을 존중하려는 태도에서 싹트는 거야. 톨스토이가 "인생에서 가장 중요한 것은 얼마나 사랑을 받았느냐가 아니라, **얼마나 사랑을 주었느냐이다**"라고 말한 것도 이런 이유 때문이지. 그래서 사랑받고 싶거든, 그 사람이 하는 말에 잠시 멈춰 귀 기울여 보렴. 말은 마음의 방향을 보여 주는 창문이기 때문에, 그 말을 존중해 준다는 건 그 사람의 마음을 소중히 다뤄 준다는 뜻이기도 해.

그리고 애야, 그 사람의 장점을 발견하면 조심스레 짚어 칭찬해 줘. 누구나 자신 안에 빛나는 부분이 있고, 그것을 알아봐 주는 사람을 만나면 더 성장하고 싶은 의지가 생긴단다. 링컨은 "**사람을 움직이는 가장 강력한 방법은 진심 어린 칭찬이다**"라고 했어. 때때로 우리가 바라보지 못하는 장점을 알아봐 주는 사람 덕분에 자신의 길을 찾는 경우도 많단다. 실수나 허물에 대해서도 너무 가혹하게 판단하지 말고, 한 번쯤은 넉넉하게 눈감아 줄 여유를 가져 보렴. 누군가의 부족함을 따뜻하게 감싸 주는 마음은 결국 그 사람의 굳게 닫힌 문을 열게 만드는 가장 부드러운 힘이야.

그 사람의 삶에 관심을 갖는 것도 사랑의 중요한 표현이란다. 요즘 어떤 일

거룩한 유산

에 몰두하고 있는지, 무엇 때문에 고민하고 있는지, 어떤 결심을 세웠는지 조용히 물어봐 줘. 간단한 질문 하나가 누군가에게는 '이 사람은 나를 정말 보고 있구나'라는 따뜻한 확신이 되곤 해. 그리고 그 결심이 더 좋은 방향으로 이어질 수 있도록 다정하게 응원해 주렴. 응원이란 건 단순히 힘내라는 말 한마디를 넘어서, 그 사람이 다시 일어설 수 있는 작은 용기와 버팀목을 만들어 주는 일이기도 하지. 일본 작가 무라카미 하루키가 "응원은 보이지 않는 손이 되어 마음을 잡아 준다"고 말했듯, 진심 어린 응원은 늘 힘이 된단다.

그 사람이 넘어졌을 때는 많은 말보다 따뜻한 손을 먼저 내밀어 주렴. 누구나 약해지는 때가 있고, 그 순간 옆에 있어 준 사람을 마음속 깊이 간직하게 마련이란다. 성경에서도 "슬퍼하는 자와 함께 슬퍼하라"라고 했듯, 어려운 순간 함께해 주는 마음은 말보다 더 큰 위로가 돼. 상대가 힘들어하는 모습이 보일 때는 조용히 그 사람을 위해 기도해 주렴. 밖으로 드러나지 않더라도 진심이 담긴 기도는 언젠가 꼭 전해지고, 그 사람을 따뜻하게 감싸는 힘이 되기 마련이야.

결국 사랑이란 조건을 따져서 주고받는 거래가 아니란다. 먼저 베풀고, 먼저 이해하고, 먼저 품어 주려는 마음에서 시작돼. 마더 테레사는 "사랑은 계산이 아니라 행동이다"라고 했단다. 이렇게 내어준 사랑은 사라지는 게 아니라, 시간이 흐르면 더 따뜻하고 단단한 모습으로 다시 너에게 돌아오게 되어 있어.

누군가 널 부르거든

누군가가 너를 부른다는 건 단순히 이름을 소리 내어 말하는 행위만을 뜻하지 않는단다. 그것은 너라는 사람이 누군가에게 **필요한 존재**, 그리고 **마음속에 자리 잡은 존재**라는 조용한 신호야. 시인 정현종은 **"사람이 온다는 건 실은 어마어마한 일"**이라고 말했지. 누군가가 네 이름을 부른다는 것도 마찬가지란다. 그건 그 사람이 자신의 마음의 문을 열고, 네가 그 문턱을 넘기를 허락했다는 깊은 뜻이 담겨 있어.

일상 속에서 누군가 네 이름을 한 번 불러 준다면, 그것은 네가 그 사람의 생각 속에 살아 있고, 그의 하루에 작은 울림을 주는 사람이라는 뜻이야. 이름을 불러준다는 건 마치 촛불 하나를 건네는 일과 비슷해. 어두운 방에 촛불 하나만 켜져도 그 공간은 전과는 완전히 다른 빛을 갖게 되잖니?

또 누군가가 너를 필요로 한다는 건, 네가 가진 능력과 말, 행동 하나가 **누군가에게 힘이 될 수 있다는 증거**야. 우리는 때때로 스스로를 하찮고 부족하다고 여길 때가 있지. 하지만 누군가가 너를 떠올리며 "지금은 네가 있어야 해"라고 생각하는 순간, 너는 이미 그 사람 삶의 빈자리를 채워 주는 존재가 되어 있는 거야.

누군가가 너를 생각한다는 건 네가 그 사람의 마음에 **스며든 존재**라는

의미야. 어떤 날은 연락하지 않아도, 이유 없이 문득 떠오르는 사람이 있잖니? 그런 사람은 네 삶에 흔적을 남긴 사람이야. 너도 분명 누군가에게 그런 흔적을 남긴 사람일 거야.

그리고 누군가가 너를 **찾아온다**는 건, 관계가 조금 더 깊어질 준비가 되었다는 뜻이야. 일부러 너에게 오고, 시간을 쓰고, 마음을 들인다는 건 그 자체로 소중한 인연의 출발점이지. 인류학자들은 "관계는 **찾아가는 사람에게 열리고, 멀어지는 사람에게 닫힌다**"고 말한단다. 결국 발걸음이 향하는 곳이 마음이 향하는 곳이라는 뜻이지.

애야, 누군가가 너를 위해 **기도한다**는 건 말로 표현할 수 없을 만큼 깊은 마음이야. 기도는 말보다 오래 남고, 행동보다 깊이 스며드는 마음의 표현이거든. 누군가가 너의 행복과 안전을 위해 조용히 두 손을 모은다면, 그것은 그 사람이 너를 얼마나 귀하게 여기는지를 보여 주는 가장 순수한 방식이란다. 사랑과 걱정이 없으면 절대로 나올 수 없는 행위이기도 하지.

결국 사람은 사람을 통해 살아가는 존재야. 서로의 이름을 부르고 또 불리면서 관계를 만들고, 마음을 나누고, 삶을 이어 가는 거란다. 그러니 너도 누군가의 이름을 **따뜻하게 불러 주는 사람**, 누군가의 하루를 밝혀 주는 사람이 되었으면 좋겠다. 그 작은 부름 하나가 세상을 조금 더 살 만한 곳으로 바꾸는 놀라운 힘을 가지고 있으니까.

오늘도

오늘도 어김없이 우리 앞에 아침이 열렸구나. 우리가 기다렸는지, 준비됐는지와 상관없이 매일 같은 시간에 찾아오는 이 아침이 사실은 얼마나 큰 축복인지, 너도 살아가다 보면 더 깊이 알게 될 거야.

헤르만 헤세는 **"아침마다 우리는 새로 태어난다"**고 말했지. 창문 틈 사이로 들어오는 햇살이 어제보다 특별히 더 밝지 않아도, 그 빛이 다시 한번 우리에게 "다시 시작해도 돼"라고 말해 주는 것만으로도 참 고마운 일이란다.

그리고 누군가가 카카오톡으로 보내는 따뜻한 차 한 잔의 사진. 직접 마실 수는 없지만, 그 사진 한 장이 주는 위로는 생각보다 크지. "너 생각났어"라는 말이 쓰여 있지 않아도, 그 따뜻한 김이 나는 찻잔은 멀리서도 나를 떠올렸다는 조용한 증거처럼 느껴져. 사람의 마음은 참 신기해서, 이렇게 사소해 보이는 것 하나에도 큰 힘을 얻곤 한다.

옛말에 **"정은 눈에 보이지 않는 실로 묶인다"**는 말이 있는데, 바로 이런 순간을 두고 하는 말일 거야.

서로가 멀리 떨어져 있어 얼굴을 자주 보지 못하더라도, 짧은 댓글 하나가 주는 반가움은 참 크다. 단순한 이모티콘 하나가 "나는 너를 잊지 않았어"라는 말처럼 느껴지지 않니?

SNS를 처음 만들었던 사람도 "사람과 사람 사이의 연결은 작은 신호 하나에서

거룩한 유산

시작된다"고 했대. 그 말처럼 사소한 소식 하나가 하루의 공기를 바꾸고, 그냥 흘러가는 시간에 부드러운 결을 더해 주지. 우리는 이렇게 마음의 실로 서로를 연결하며, 물리적 거리가 마음의 거리보다 가까울 수 있다는 것을 조금씩 확인하며 살아가는 거야.

사랑한다는 말은 꼭 크게 할 필요가 없어. 곁에 있어 주는 존재만으로도 삶은 충분히 행복해지는 법이지. 함께 있으면서도 억지로 애쓰지 않아도 되고, 침묵마저도 편안하게 흘러가는 사람. 그런 사람은 인생에서 몇 번 만나기 힘든 귀한 인연이란다. 일본 작가 나카지마 아츠시는 **"사람은 결국 마음이 편해지는 사람 곁에 머문다"**고 했어. 표현이 많지 않아도 진심은 자연스럽게 닿게 되어 있어.

결국 이렇게 오늘을 함께 살아가고 있다는 단순한 사실이 얼마나 큰 기쁨인지, 시간은 갈수록 더 분명하게 알려 준단다. 특별한 일이 없어도 좋고, 눈부신 성취가 없어도 괜찮아. 같은 시간을 함께 건너며 때로는 서로에게 위로가 되고, 또 힘이 되어 주는 이 소박한 동행이야말로 인생을 빛나게 하는 가장 근본적인 이유니까.
문학가 버지니아 울프도 **"행복은 특별한 순간에 있는 것이 아니라, 평범한 순간 속에서 조용히 자란다"**고 했어.

오늘 하루가 이런 사실을 너에게도 부드럽게 일러 주었으면 한다. 너는 살아 있는 이 순간 자체로 충분히 소중하고, 또 누군가의 따뜻한 마음속에 여전히 반짝이고 있으니까.

감 놔라 배 놔라 마라

—◆—

애야, 살다 보면 나도 모르게 다른 사람의 삶에 깊숙이 발을 들이게 될 때가 있어. "도움"이라는 이름을 붙이긴 하지만, 사실은 간섭이 되어 버리기도 하지. 그런데 세상은 말이다, 누구 한 사람의 방식이나 기준만으로 굴러가는 게 아니란다. 모든 생명은 저마다의 속도, 저마다의 리듬, 저마다의 결대로 흘러가고 있어.

개미가 걷는 길 앞에 장난 삼아 장애물을 놓아도, 그 조그마한 생명은 멈춰 서지 않는다. 잠깐 멈칫할 뿐, 곧 새로운 길을 찾아 움직이지. 달팽이를 아무리 밀어 본들 갑자기 토끼처럼 빨라지지 않아. 달팽이는 세상의 속도에 맞추지 않고, 자기 속도에 맞춰 살아가는 존재야. 나비와 벌도 마찬가지란다. 꽃이 없다고 한숨만 쉬는 게 아니라, 산이라도 훌쩍 넘어가 더 넓고 다양한 꽃밭을 스스로 찾아 나서지. 붕어도 물이 줄어든다고 갑자기 바다를 찾아가는 법이 없어. 환경을 살피고, 자신에게 맞는 새로운 물길을 천천히 찾아간단다.

자연을 곰곰이 바라보면 깨닫게 되는 게 있어. 바로 **"간섭하지 않는 지혜"**, 이게 얼마나 큰 힘인지 말이야. 진주를 품은 조개가 함부로 입을 열지 않는 건 자신의 가치를 정확히 알고 있기 때문이야. 풍랑이 몰아치든, 햇살이 비치든 조개는 때를 기다리고, 스스로 열릴 순간이 왔을 때 비로소 그 아름다움을 드러내지.

거룩한 유산

사람도 똑같아. 누구나 자기만의 시간표를 가지고 있고, 남에게 흔들리지 않는 고유한 발걸음을 갖고 태어나. 조언이 필요할 때 도움을 주는 건 당연히 좋은 일이지만, 조언이 '지침'이 되고, 나중엔 '명령'처럼 변하면 그 사람의 속도는 무너지고, 마음은 닫히고, 자신의 리듬을 잃어버리게 돼.

그리고 너 자신도 마찬가지야. 누가 뭐라 하든 너는 너만의 속도가 있고, 너만의 방향이 있어. 남들이 빠르다고 해서 그 속도에 따라 뛸 필요 없고, 남들이 느리다고 해서 조급해할 필요도 없어. 해가 뜨는 시각도, 꽃이 피는 계절도, 비가 내리는 하루도 모두 제각각 자기 때가 있듯이 너의 삶도 너만의 때가 있는 법이야.

진짜 지혜는 때로 **말없이 지켜보는 데** 있고, 진정한 배려는 **간섭하지 않는 데** 있다. 너는 너의 길을 묵묵히 걸어가고, 다른 사람 역시 그들의 길을 걸어가게 해 주면 된다. 그 태도 하나가 너를 더 깊고 단단한 사람으로 만들어 줄 거야.

'남의 잔치에 감 놔라 배 놔라'라는, 남의 일에 필요 이상으로 간섭하고 나서는 것을 경계하며, 너의 길을 올곧게 걸어가길 바란다.

기억에 관한

──◆──

사람이 살아간다는 건 결국 수많은 기억과 나란히 걸어가는 일이란다. 하루하루 새롭게 겪는 일들 속에서 우리는 의식하든 못 하든 마음에 흔적을 남기지. 그런데 그 모든 기억이 같은 무게를 지니는 건 아니야. 어떤 기억은 시간이 흘러도 마음을 덥혀 주는 모닥불처럼 남고, 어떤 기억은 오래 붙잡고 있을수록 오히려 발걸음을 무겁게 만드는 짐이 되기도 하지. 그래서 무엇을 마음에 남기고, 무엇을 흘려보낼지 선택하는 일은 마음을 건강하게 가꾸는 아주 중요한 지혜란다.

먼저, 누군가가 진심으로 건넨 충고는 꼭 기억해 두렴. 듣는 순간에는 귀에 거슬리고 마음이 상할 수도 있겠지만, 그 말 속에는 대부분 너를 아끼는 마음이 담겨 있어. 옛말에 **"쓴 약이 몸에 이롭다"**라고 했듯이, 불편한 말이 오히려 너를 한 단계 자라게 하기도 하지. 반대로, 네가 이미 용서하기로 마음먹은 일이라면 더 이상 붙잡고 있지 마라. 용서는 상대를 위한 것처럼 보이지만, 사실은 과거의 감정에서 너 자신을 풀어 주는 일이야. 용서했다고 말하면서 계속 떠올린다면, 상처를 놓지 못한 채 스스로를 붙들고 있는 것과 다르지 않단다.

또 하나, 남을 향한 칭찬의 말은 아낌없이 건네렴. 따뜻한 말 한마디는 얼어 있던 마음을 녹이고, 관계의 공기를 한결 부드럽게 만들어 준다. 어떤 날에는 그 말 한마디가 누군가에게 **"오늘도 버텨 볼 수 있겠다"**는 힘이 되기도

거룩한 유산

하지. 반면에 험담이나 비난은 굳이 기억하려 애쓰지 않는 게 좋아. 그런 말은 오래 품을수록 마음을 흐리게 하고, 관계를 복잡하게 만들 뿐이야. 바람이 스쳐 가듯 흘려보내는 게 가장 현명한 태도란다.

사람 사이에서도 기억의 선택은 큰 차이를 만든다. 남자라면 여자의 생일이나 기념일처럼 의미 있는 날을 기억하는 세심함이 필요해. 그런 작은 기억 하나가 상대의 하루를 환하게 밝히기도 하거든. 하지만 나이처럼 괜히 예민해질 수 있는 건 굳이 기억해 꺼낼 필요가 없어. 반대로 여자라면 남자가 보여 준 용기, 책임감, 배려 같은 장점을 오래 기억해 주렴. 그 기억이 관계를 지탱하는 따뜻한 뿌리가 되어 준다. 순간의 실수는 너무 오래 붙들지 말고, 가능한 한 빨리 흘려보내는 게 좋아.

그리고 무엇보다 중요한 건, 누군가에게서 받은 은혜와 도움은 꼭 마음에 간직하는 거야. 그 기억은 눈에 보이지 않지만, 네가 흔들릴 때 너를 붙잡아 주는 힘이 되어 준단다. "은혜는 돌에 새기고, 원망은 물에 새겨라"라는 말이 있지. 반대로 네가 누군가에게 베푼 도움은 오래 기억하지 않는 게 좋아. 내가 준 것을 계속 마음에 담아 두다 보면, 어느새 자랑이 되고 계산이 되기 쉽거든.

받은 건 오래 기억하고, 준 건 금방 잊는 마음. 붙잡아야 할 기억과 흘려보내야 할 기억을 구분할 줄 아는 지혜. 그게 바로 인생을 더 부드럽고 따뜻하게 만드는 힘이란다.

주인공으로 살기

살다 보면 우리는 자연스럽게 누군가를 중심으로 생각하고 움직이는 데 익숙해진다. 집에서는 부모가 가정의 중심이 되고, 학교나 직장에서는 선생님이나 사장이 방향을 정한다. 더 넓게 보면 국가는 대통령이나 지도자가 움직이는 중심처럼 보이지. 우리는 그 중심을 기준 삼아 판단하고, 그들이 만든 틀 안에서 '내가 어디쯤에 서 있는지'를 가늠하며 살아간다. 그래서 어느새 세상의 중심은 늘 나 바깥에 있는 것처럼 느껴지곤 한다.

하지만 한 걸음 물러서서 생각해 보렴. 정말 그럴까? 철학자 소크라테스는 "너 자신을 알라"고 말했지. 이 말의 다른 표현은 어쩌면 이럴지도 모른다. **"너 자신이 중심임을 잊지 마라."** 네 삶의 무대에서 중심에 서야 할 존재는 바로 너 자신이다. 네가 중심이 되지 않는 삶은, 남이 써 놓은 각본 속에서 잠시 등장했다 사라지는 조연과도 같다. 삶의 의미와 방향은 외부에서 주어지는 것이 아니라, 네가 중심에 설 때 비로소 생겨난다.

물론 주인공으로 산다는 것이 하고 싶은 대로만 살아도 된다는 뜻은 아니다. 그것은 방종이 아니라 책임이다. 주인공은 자신이 내린 선택의 결과를 감당하는 사람이다. 비가 오든 바람이 불든, 무대 위에 서 있는 배우처럼 자신의 역할을 끝까지 수행하는 태도 말이다. 빅터 프랭클은 "인간에게서 모든 것을 빼앗을 수는 있지만, **상황에 대한 태도를 선택할 자유만은 빼앗을 수 없다**"고

거룩한 유산

했다. 외부 상황이 아무리 흔들어도, 중심에 선 사람은 자신의 태도와 방향을 스스로 선택한다.

우리는 종종 사회적 기준이나 타인의 시선, '이 정도면 괜찮다'는 암묵적인 둘레 안에 스스로를 가두곤 한다. 하지만 진정한 주인공은 그 둘레를 그대로 받아들이는 사람이 아니라, 자신의 기준을 세우는 사람이다. 남들이 정해 놓은 무대 위에서 조심스럽게 발걸음을 옮기는 것이 아니라, 스스로 무대의 범위를 넓혀 가는 사람 말이다. 너 자신이 중심일 때, 세상은 더 이상 너를 규정하는 틀이 아니라, 네가 경험하고 확장해 가는 공간이 된다.

주인공으로 살고 싶다면, 먼저 마음속에서 결심해야 한다. **"나는 내 인생의 주인이다. 나는 내 삶의 중심에 서겠다."** 이 선언은 소리 높여 외치지 않아도 괜찮다. 다만 매 순간의 선택에서 조용히 증명되어야 하지. 선택의 기로에서 남들이 원하는 답이 아니라, 내가 책임질 수 있는 답을 고르는 것. 실패가 두려워도, 나의 길이라면 한 걸음 내딛는 것. 주인공은 기다리는 사람이 아니라, 이야기를 만들어 가는 사람이다.

그러니 언제 어디서든 마음속으로 이렇게 말해 보렴. **"내가 내 삶의 주인이다."** 이 말은 세상을 지배하겠다는 선언이 아니다. 나의 삶만큼은 내가 중심이 되어 살아가겠다는 다짐이다. 너를 중심에 놓고 선택하고, 행동하고, 그 결과를 받아들일 때 비로소 너는 진짜 주인공이 된다.

사랑해도 좋은 사람

애야, 사랑이라는 감정은 참 단순해 보이지만, 막상 그 안으로 들어가 보면 마음처럼 쉽지 않단다. 누군가를 좋아하게 되면 괜히 내 마음을 더 자주 들여다보게 되고, 그 사람이 어떤 사람인지, 내 삶 가까이에 두어도 괜찮은 사람인지 스스로에게 묻게 되지. 그래서 부모인 내가 너에게 꼭 해 주고 싶은 말이 있다. **어떤 사람을 사랑해도 좋은가**, 이 기준은 네 인생에서 생각보다 훨씬 중요하단다.

먼저, **꿈이 있는 사람**을 만나렴. 꿈이 있다는 건 단순히 "이루고 싶은 게 있다"는 말이 아니야. 그 사람이 어디로 가고 싶은지, 어떤 삶을 살고 싶은지 스스로 알고 있다는 뜻이지. 그런 사람은 길을 잃어도 다시 방향을 찾을 줄 안다. 예전에 읽은 책 한 구절이 생각난다. "꿈이 있는 사람은 넘어져도 넘어지는 방향이 다르다"고. 옆에 있으면 그 사람의 에너지와 성실함이 너에게도 자연스럽게 스며들 거야.

그리고 **속이 꽉 찬 사람**, 이건 정말 중요하다. 마음이 비어 있는 사람은 작은 말에도 쉽게 상처받고, 감정의 파도에 자주 휩쓸리곤 해. 반면 속이 단단한 사람은 자기 자신을 알고, 자기 감정을 책임질 줄 안다. 그런 사람과 함께 있으면 괜히 설명하지 않아도 편안하고, 침묵조차 부담이 되지 않지. 좋은 사랑은 설렘보다 안정 위에서 오래 자란단다.

거룩한 유산

또 하나, **마음의 문이 열려 있는 사람**을 만나렴. 자기 마음을 숨기기만 하는 사람이 아니라, 솔직하게 이야기하고, 나눌 줄 아는 사람 말이야. 사랑은 감정의 교환이 아니라 삶의 교류야. 서로의 생각과 시간을 나누지 못하면, 아무리 좋아해도 결국 외로워지거든. 괴테가 말했지, "사랑은 주는 만큼 자란다"고. 주고받을 줄 아는 사람과의 관계는 시간이 지날수록 깊어진단다.

그리고 **남의 행복을 진심으로 바랄 줄 아는 사람**을 만나렴. 굳이 드러내지 않아도, 남을 존중하고 배려하는 마음은 말투와 행동에서 자연히 묻어난다. 반대로 늘 자기 옳음만 주장하고, 남을 평가하려 드는 사람은 관계를 지치게 만들지. 진짜 좋은 사람은 조용하지만 깊고, 자기 자랑보다 남의 이야기를 더 잘 들어주는 사람이란다.

마지막으로, **자기 처지를 약진의 발판으로 삼는 사람**을 만나렴. 힘든 상황에서도 불평만 하기보다, 그 안에서 배울 걸 찾고 한 걸음이라도 나아가려는 사람 말이야. 그런 사람은 삶을 함께 걸어갈 힘이 있다. 인생은 늘 평탄하지 않으니까, 옆에 있는 사람이 어떤 태도로 삶을 대하는지가 정말 중요해.

부모로서 내가 해 주고 싶은 말은 결국 이거야. 사랑은 감정 하나로 완성되지 않아. 태도이고, 선택이고, 그 사람의 깊이에서 시작되는 거야. 언젠가 너에게 그런 좋은 인연이 꼭 찾아오길 기도한다.

사람들은

사람들은 참 이상하게도 거울을 볼 때, 거기에 비친 자기 모습만 보려 한단다. 그 얼굴은 늘 보아 온 익숙한 모습이고, 그래서 마음이 편해지지. 하지만 거울에 살짝 낀 먼지나 금이 간 자국은 잘 보지 않으려 해. 그건 어쩌면 자기 안의 부족함과 허물을 마주하고 싶지 않은 마음 때문일 거야. 반대로 남의 얼굴에 묻은 작은 티끌 하나는 얼마나 잘 보이는지 모르지. 성경에 나오는 말처럼, **"자기 눈의 들보는 보지 못하고 남의 눈의 티끌은 본다"**는 말이 딱 맞는 격이란다.

애야, 사람들은 또 결과에는 집착하면서도 그 결과가 만들어지기까지의 과정에는 쉽게 무관심해져. 하지만 삶의 진짜 가치는 눈에 보이는 성취가 아니라, 그 성취로 가는 길에서 무엇을 배우고 어떻게 변했느냐에 있단다. 시험에서 좋은 점수를 받는 것도 중요하지만, 그 점수를 위해 흘린 땀과 포기하지 않았던 시간들이 너를 더 단단하게 만들어 주는 거야. 과정 없이 얻은 결과는 오래 가지 못하고, 과정에서 배움이 없는 성공은 결국 공허함만 남게 되지.

또 한 가지 기억해야 할 게 있어. 남들과 똑같이 살아가면, 결국 남들과 비슷한 삶에 머물 수밖에 없다는 거야. 즉 달라지지 않으면 결코 달라지지 않는다는 말에 다름아니지. 많은 사람들이 이미 닦아 놓은 길을 따라가면 안전하다고 느끼지. 하지만 그 길은 동시에 너의 가능성을 제한하는 울타리가 되기도 한단다. 에머슨이 말했듯이, **"남과 다르다는 것은 틀린 것이 아**

거룩한 유산

니라, **특별하다는 증거**"야. 다름을 두려워하지 않는 사람만이 자기만의 길을 만들 수 있어.

그러니 애야, 거울 속의 단정한 모습만 보지 말고, 그 위에 쌓인 먼지도 함께 바라보렴. 부족함을 인정하는 순간, 성장은 시작돼. 남들과 다른 생각을 하고, 다른 선택을 하고, 때로는 외로운 길을 걷는 용기를 가져야 해. 작은 행동 하나에도 책임을 지고, 결과보다 과정을 소중히 여길 줄 아는 사람이 결국 자기 삶의 주인이 되는 거란다. 넘어질 때도 있겠지만, 그 흔들림마저 너를 키우는 밑거름이 된다는 걸 잊지 마라.

다른 삶은 두려움의 대상이 아니라, 너를 더 풍요롭게 만드는 힘이야. 남들과 같지 않은 순간, 너는 더 넓은 세상을 보고, 일상의 사소한 장면에서도 의미를 발견하게 될 거야. 그렇게 쌓인 경험들이 너를 평범함 너머로 이끌고, 흔들리지 않는 내면을 만들어 준단다.

부모인 나는 네가 거울 밖의 세상까지 바라볼 줄 아는 사람, 그리고 남들과는 다른 용기와 도전을 가진 사람으로 살아가길 바란다. 그 용기와 도전이야말로 네 삶을 특별하게 만드는 가장 큰 비밀이 될 수 있으니까.

관계 속에 해답이

결국은 마음 다스리기

부족함을 탓하지 마라

애야, 부족함을 너무 탓하지 않아도 된단다.

살다 보면 뭔가 모자란 것 같고, 가진 게 적어서 초조할 때가 있지? 그런데 사실 너무 많은 풍요는 오히려 사람을 무겁게 만들고 삶의 균형을 흐트러뜨리기도 해. 곳간이 가득 차면 안에 든 것들이 썩기 시작하고, 음식도 너무 많이 먹으면 배탈이 나고, 화초도 물을 너무 주면 뿌리가 죽어 버리듯, 지나침이라는 건 언제나 우리를 무기력하게 만들지. 가진 게 많아질수록 정말 소중한 게 뭔지 헷갈려지고, 결국 그 무게에 스스로 짓눌릴 수도 있단다. 옛 선비들은 '과유불급(過猶不及)'이라 하여 **지나침이 모자람보다 못하다**고 했는데, 그 말이 괜히 전해 내려온 것이 아니야.

반대로, 조금 부족한 건 생각을 움직이게 하고 변화의 씨앗이 돼. 몸에서 군살이 빠지면 걸음이 가벼워지듯, 마음에서 욕심과 집착을 덜어 내면 삶이 훨씬 단정해지고 편안해져. 없어도 불편함 속에서 답을 찾게 되고, 모자라기 때문에 오히려 더 멀리 바라보게 되는 순간이 와. 실제로 많은 발명가들은 **"필요는 발명의 어머니"**라는 말처럼 부족함 때문에 새로운 길을 찾고, 없는 것을 만들고, 불편함 속에서 혁신을 이루었다지. 사람은 부족함을 겪을 때 비로소 '내게 정말 필요한 게 뭔가'를 선명하게 깨닫고 삶의 우선순위를 다시 세우게 되거든.

거룩한 유산

그러니 가진 게 적다고 속상해할 필요도 없고, 없다고 서러워할 이유도 없어. 부족함이 있다는 건 채워 갈 여지가 있다는 뜻이고, 바닥을 경험했다는 건 이제 올라갈 길만 남았다는 의미야. 사람들은 풍요만 바라지만, 사실 우리의 성장은 대부분 부족함 속에서 시작된단다. 채울 것이 있어야 사람이 방향을 찾고, 걸어갈 길이 남아 있어야 움직일 힘을 얻지. 마치 바람이 멈추면 배가 움직이기 힘들듯, 약간의 결핍이야말로 우리를 앞으로 나아가게 하는 바람과도 같은 거란다.

삶에서 풍요는 안도감을 주지만, 부족함은 우리를 다시 일으켜 세우는 탄탄한 땅이 되어 주기도 하지. 물론 결핍이 때로는 괴롭고 힘들지만, 그 안에서 우리의 인내와 의지가 단련되고 마음의 근육이 단단해지는 법이란다. 스토아 철학자들은 "외부의 풍요가 아니라 내면의 단단함이 인간을 강하게 만든다"고 했단다. 부족함은 우리가 이미 가진 작은 것들에도 감사하는 마음을 주고, 사소한 기쁨을 발견하는 감각을 다시 깨워 줘. 풍족할 땐 보이지 않던 것들이, 부족한 시기에는 더 뚜렷하게 보이기도 하지.

결국 부족함은 우리를 넘어뜨리기 위해 있는 게 아니라, 더 강하고 단단한 사람으로 자라도록 돕는 출발점이 될 수 있어. 그러니 지금의 결핍을 부끄러움이 아니라 가능성으로 바라보렴. 헬렌 켈러가 말했지, "어둠이 있어야 별이 보인다"고. 그 마음의 전환이 앞으로 네 삶을 훨씬 더 넓고 새롭게 열어 줄 또 하나의 출발점이 될 거야.

마음의 서랍을 열라

— ◆ —

애야, 책상 서랍을 열어 보면 늘 잡동사니가 가득하잖니. 볼펜, 메모지, 영수증, 한 번은 쓰겠다고 넣어 두고는 잊어버린 자잘한 물건들까지… 필요하고 필요 없는 것들이 뒤죽박죽 섞여 있지. 그래도 마음만 먹으면 금방 정리할 수 있어. 버릴 건 버리고, 남길 건 정리하면 서랍은 금세 깔끔해지지. 우리가 흔히 말하는 '정리 정돈은 삶의 첫 단추'라는 말이 괜히 나온 게 아니야.

그런데 말이다, 눈에 보이지 않는 또 다른 서랍, 마음의 서랍은 그렇게 단순하지 않아. 눈에 보이지 않으니까 더 복잡하고, 손으로 만질 수 없으니 훨씬 더 어렵지. 마음의 서랍에는 오래된 꿈들이 들어 있단다. 어린 시절 너도 한 번쯤 품었던 순수한 꿈들, 한때는 가슴을 뜨겁게 했지만 세월 속에서 희미해진 바람들, 바쁜 생활에 밀려 한쪽 구석에서 먼지만 쌓여 버린 희망까지… 이 서랍은 아무도 대신 정리해 줄 수 없어. 단순히 치운다고 깨끗해지는 것도 아니고, 무엇을 남기고 무엇을 다시 꺼내 빛을 쐬어 줄지는 결국 네가 스스로 결정해야 하는 거야. 마음의 서랍은 채우는 것도 정리하는 것도 오롯이 네 몫이야.

책상 서랍은 오래 쓰면 삐걱거리고 비뚤어질 수도 있지만, 마음의 서랍은 그런 식으로 고장 나지는 않아. 다만 너무 오래 열지 않으면 굳어 버리고, 다시 열기까지 시간이 좀 걸릴 뿐이야. 일본 작가 무라카미 하루키가 "상처는 시

거룩한 유산

간이 지나면 흉터가 되지만, 흉터는 또 다른 나를 만든다"고 했지. 마음의 서랍도 그래, 열어 주기만 하면 다시 움직이기 시작한단다.

책상 서랍은 잠가 두어도 생활에 큰 불편이 없지만, 마음의 서랍을 오래 닫아 두면 얘기가 달라져. 닫힌 마음속에서는 꿈과 감정이 빛을 잃어버리고, 그 자리를 허무함이나 무기력이 채우게 돼. 마음은 닫을수록 약해지고, 열어 둘수록 단단해지는 법이야. 감정도 생각도 적당히 밖으로 드러낼 때 사람과의 관계도 깊어지고, 마음을 열어 둘 때 네 삶도 균형이 잡혀. 한 심리학자는 "닫힌 마음은 굳은 흙과 같아, 아무 씨앗도 자라지 않는다"고 했는데, 마음의 서랍을 닫아 두는 것도 그와 같단다.

그렇게 오래된 꿈이 다시 숨 쉬기 시작하면, 잃었던 열정도 방향을 찾는다. 결국 삶의 질은 물건을 얼마나 잘 정리하느냐보다, 네 마음속 질서를 어떻게 세우느냐에 달려 있어. 어떤 철학자는 "사람의 행복은 마음을 어떻게 정리하느냐에 달려 있다"고 했어. 그러니 오늘 하루, 책상 서랍을 열어 보듯 마음의 서랍도 한번 열어 보렴. 그 안에 남아 있는 꿈 하나를 꺼내서 다시 따뜻한 온기를 불어넣어 보는 거야. 그 작은 행동이 너의 삶을 더 단정하고 올곧게 만드는 첫걸음이 될 수도 있으니까,

고통을 이기라

애야, 팽이를 한번 봐라. 바닥에서 세차게, 오래 흔들림 없이 돌아가려면 그냥 저절로 되는 게 아니란다. 한 번쯤은 따끔한 채찍을 맞아야 비로소 중심을 잡고 오래 도는 법이지. 겉으로 보기엔 그저 장난감이 빙글빙글 도는 것처럼 보이지만, 사실은 흔들리는 순간을 견디고 다시 균형을 잡는 과정이 꼭 필요한 거야. 공자가 "옥은 다듬지 않으면 그릇이 될 수 없다(玉不琢 不成器)"고 말한 것도 바로 이 뜻이지. 다듬어지는 과정 없이 빛날 수 있는 건 없단다.

연도 마찬가지야. 하늘 높이 올라가는 연은 잔잔한 바람만으로는 절대 멀리 가지 못해. 강한 바람을 온몸으로 받아 내고, 그 바람을 견딜 때 더 높은 곳으로 훨씬 힘차게 치솟게 되는 거지. 항해사들이 "순풍은 누구나 타지만 거센 바람은 진짜 선장을 만든다"고 했던 것처럼, 연이 높이 나는 순간은 언제나 맞바람을 이겨 낸 다음이야.

종소리가 멀리 퍼지는 것도 그냥 되는 일은 아니란다. 종이 세게, 아프게 맞아야 내부가 크게 흔들리고, 그 울림이 멀리 멀리 퍼져 나가게 되는 거야. 맞을 때마다 아프겠지만, 바로 그 아픔이 울림의 깊이와 넓이를 만들어 주는 셈이지.

도자기 한 점이 아름다운 형태를 갖추기까지의 길도 평온하지 않아. 흙이 모양을 갖추고, 고운 곡선을 빚어 내고, 마침내 빛을 머금은 도자기가 되기 위해서는 뜨겁고 거센 불을 견뎌야 한단다. 그 불이 없다면 도자기는 단단해질 수도, 색이 고와질 수도 없어. 고통스러운 순간을 거쳐야만 비로소 작품을 완성시키는 거지. 일본 장인들이 **"불에 구워지지 않은 그릇은 단지 흙덩이에 불과하다"**고 말한 이유가 바로 여기에 있어.

사람의 근육도 그렇다. 누구보다 튼튼한 사람을 보면 '와, 노력 많이 했구나' 하고 감탄하지만, 그 뒤에는 뼛속까지 아린 통증이 숨어 있단다. 근육은 찢어지고 회복되는 과정을 거듭하면서 더 단단해지는 법이니, 고통을 피했다면 절대로 얻을 수 없는 힘이지.

고통이 찾아오면 마음이 움츠러들고 "왜 하필 나일까?"라는 생각이 들지. 그러나 조금만 생각을 바꿔 보면, 고통은 너를 괴롭히려고 오는 게 아니라 너를 더 단단하게 만들기 위해 오는 거라는 걸 깨닫게 될 거야. 팽이는 채찍을 통해 오래 돌고, 연은 바람을 이겨 내야 높이 날고, 좋은 충격 속에서 울림을 키우고, 도자기는 불 속에서 진짜 아름다움을 얻고, 근육은 아픔을 겪어야 강해지지.

결국 고통은 너의 적이 아니라 너를 성장시키는 숨은 스승이야. 불평하지 않고, 남 탓하지 않고, 도망치지 않고 묵묵히 견뎌 낼 때, 너는 훨씬 더 강해지고 넓어질 거다. 그리고 그 강함과 깊이는 앞으로 네 삶을 훨씬 더 강인하게, 더 아름답게 이끌어 줄 거야.

욕구, 욕망 그리고 욕심

애야, 욕구와 욕망, 그리고 욕심은 겉으로 보면 다 비슷해 보이지만, 사실은 서로 결이 다른 마음의 움직임이란다. 이 차이를 제대로 알아 두면 앞으로 네가 어떤 선택을 해야 하는지, 마음을 어떻게 다스려야 하는지 큰 도움이 될 거야.

먼저 **욕구**부터 보자. 욕구는 인간이라면 누구나 가지고 태어나는 가장 자연스러운 본능이지. 배고프면 먹고 싶고, 지치면 쉬고 싶고, 외로우면 누군가와 함께 있고 싶은 마음. 이런 것들은 부끄럽거나 숨길 필요가 전혀 없어. 오히려 건강하게 살기 위해 꼭 채우고 돌봐야 하는 가장 기본적인 신호란다. 심리학자 매슬로가 '기본 욕구가 충족돼야 사람은 다음 단계로 나아갈 수 있다'고 했던 것도 이 때문이지. 욕구는 잘못된 게 아니라 너를 지키는 가장 첫 번째 보호막이야.

다음은 **욕망**이란 것이 있어. 욕구가 '살기 위해 필요한 마음'이라면, 욕망은 그다음을 향해 나아가려는 마음이야. 더 잘하고 싶고, 더 나은 삶을 살고 싶고, 더 의미 있는 일을 이루고 싶은 그 마음 말이다. 욕망은 잘 쓰면 너를 크게 성장시키는 엔진이 돼. 에디슨이 "나는 **실패한 것이 아니라, 더 나은 방법을 찾는 과정에 있을 뿐이다**"라고 말하며 계속 도전할 수 있었던 것도 욕망이 있었기 때문이지. 하지만 욕망이 너무 커지면 마음이 흔들리고 방향을 잃을 수도 있으니, 잘 다스려야 하는 '관리의 대상'이기도 하단다.

거룩한 유산

그리고 마지막으로 **욕심**이 있어. 욕심은 욕망이 지나치게 커져서 필요 이상의 것을 바라기 시작할 때 생기는 마음이지. 이미 충분한데도 더 가지려 하고, 더 높이 올라야만 마음이 편해지고, 남과 비교하며 마음이 불편해지는 상태. 욕심은 채울수록 더 부족하다는 생각이 들고, 결국 내 마음도 지치고 주변과의 관계도 흐려지게 돼. 동양 고전에서는 "물이 지나치면 배를 떠받치지만, 넘치면 배를 뒤집는다"고 했지. 욕심이 바로 그런 물과 같은 존재야. 때로는 과감하게 내려놓아야 오히려 마음이 편안해지고 시야가 넓어진단다.

그러니 애야, 욕구는 부끄러워할 일이 전혀 없어. 그건 너무나 자연스러운 거니까 잘 챙겨 주면 돼. 욕망은 잘만 조절하면 너를 더 멋진 사람으로 만들어 주는 원동력이야. 하지만 욕심은 항상 스스로 경계해야 해. 욕심이 커질수록 행복은 멀어지고, 결국 너 자신도 상처받고 다른 사람도 힘들어지기 쉽거든.

결국 이 세 가지는 따로 떨어져 있는 게 아니라, 네 마음속에서 자연스럽게 흘러가는 과정이야.
욕구를 인정하고,
욕망을 잘 다스리고,
욕심을 내려놓을 때,
비로소 네 삶이 단단해지고 마음이 성숙해진단다.

불변의 진리 1

애야, 사랑이라는 건 마음속 깊이 간직해 두는 것만으로는 충분하지 않단다. 아무리 진한 감정도 표현되지 않으면 상대에게 닿지 않고, 결국 그 마음은 홀로 머물다 사라지고 말지. 사랑은 드러날 때 제대로 숨을 쉬고, 말 한마디와 작은 행동을 통해 온기가 되어 다른 사람에게 전해진다. 톨스토이가 이런 말을 했지. **"사랑은 행동으로 나타날 때 비로소 사랑이 된다."** 아무리 사소해 보여도 표현된 마음은 누군가의 하루를 밝혀 주는 가장 선한 불빛이 될 수 있어.

그리고 사람의 감정이라는 건 정말 놀라운 힘을 가지고 있어. 웃으면 더 웃을 일이 생기고, 기쁨을 나누면 그 기쁨이 배가 되어 돌아오지. 어떤 심리학자는 "감정은 전염된다"고 했는데, 그 말이 괜히 생긴 게 아니야. 네 미소 하나가 주변의 분위기를 단번에 바꾸고, 밝은 말 한마디가 굳어 있는 사람의 마음을 풀어 줄 수 있어. 똑같은 하루라도 웃으며 바라보는 사람은 결국 더 많은 즐거움과 기회를 발견하게 된단다.

감사하는 마음도 그래. 감사할수록 감사할 일이 많아지는 이유는, 감사가 세상을 보는 시선을 바꿔 주기 때문이야. 작은 친절도 큰 은혜로 보이고, 사소한 행운도 다시는 당연하게 여기지 않게 되지. 어느 수필가는 **"감사는 행복을 부르는 문을 열어 주는 열쇠"**라고 말했어. 행복해서 감사하는 게 아니라, 감사하기 때문에 행복해지는 거란다.

거룩한 유산

그리고 오늘 하루를 즐겁게 살려는 마음은 단순한 기분 전환이 아니야. 평생의 삶의 태도를 만드는 훈련이다. 하루하루가 쌓여 인생이 되기 때문에, '오늘'을 어떻게 대하느냐가 앞으로의 삶을 결정하는 중요한 기준이 돼. 애덤 스미스도 "인간은 습관의 동물"이라고 했듯, 오늘을 성의 있게 채우는 사람은 결국 더 행복한 방향으로 인생을 만들어 가게 돼.

또한 애야, 누구와 함께하느냐가 사람을 얼마나 크게 바꾸는지 너도 점점 느끼게 될 거야. 부자가 되고 싶은 사람은 부자를 찾고, 행복하고 싶은 사람은 행복한 사람과 어울리라는 말이 있지. 그건 단지 이익을 얻으려는 계산 때문이 아니야. 사람은 자신이 머무는 환경을 닮아 가기 마련이니까. 긍정적인 사람 곁에 있으면 시선이 밝아지고, 성실한 사람 옆에 있으면 어느 순간 너도 성실해지고, 따뜻한 사람 옆에 있으면 마음이 자연스럽게 부드러워진다. 좋은 사람은 말없이도 네 삶의 방향을 올바르게 잡아 주는 나침반 같은 존재야.

그러니 사랑은 아끼지 말고 표현하고, 웃음을 잃지 말고, 감사하는 마음을 넉넉히 품고 살아라. 작은 친절을 나누고, 오늘이라는 하루를 정성껏 살고, 좋은 사람들과 마음을 나누는 것. 이런 것들이 모여 네 삶을 깊고, 넓고, 따뜻하게 만들어 줄 거란다. 늘 기억해라. 좋은 마음은 세상을 밝히고, 그 밝음은 다시 네 삶으로 되돌아온다는 걸.

말의 기술

오늘은 "말"에 관해서 너에게 꼭 들려주고 싶은 이야기가 있다. 세상을 살아가다 보면 말이 얼마나 큰 힘을 가지고 있는지, 그리고 그 말에 "때"가 얼마나 중요한지 점점 더 절실히 느끼게 된단다. 말은 단순한 소리가 아니라, 마음을 이어 주는 다리이자 때로는 관계를 무너뜨리기도 하는 아주 섬세한 도구야. 그래서 공자는 "말 한마디로 천 냥 빚도 갚는다"고 했고, 어떤 이는 "혀는 **뼈가 없지만 뼈를 부순다**"고 말했지. 그만큼 말은 부드럽지만 강하고, 작지만 깊은 영향을 미친다.

먼저, **사과의 말**에는 순간을 놓치지 않는 용기가 필요하다. 막차가 정류장에 들어올 때 잠시의 망설임이 기회를 놓치게 하듯, 사과 역시 늦으면 의미가 반감되지. 너무 늦은 사과는 미안함보다 변명처럼 들리고, 너무 빠른 사과는 진심이 부족해 보일 수도 있어. 그 짧은 타이밍, 그 한순간이 관계의 방향을 결정하곤 한단다. 링컨은 **"잘못했다면 즉시 인정하라. 그것이 가장 빠른 회복이다"**라고 했지.

그리고 **위로의 말**은 더더욱 조심해야 해. 서둘러 건넨 말이 오히려 상처가 되는 경우가 많거든. 눈물 앞에서는 가벼운 말보다 조용한 마음이 더 필요해. 누군가 슬픔에 잠겨 있을 때는 "힘내"라는 말보다 "네가 힘든 이유를 충분히 이해해"라는 말이 더 큰 위로가 되기도 하지.

거룩한 유산

설득의 말도 논리만으로는 어렵단다. 사람의 마음은 이성보다 먼저 공감에 반응해. 상대가 왜 그런 생각을 하는지, 어떤 두려움이나 기대가 있는지 살펴보는 것이 첫걸음이지. 공감 없는 설득은 그냥 주장일 뿐이야. 철학자 파스칼도 "마음이 이성을 이긴다"고 말했단다.

용서의 말은 더 깊다. 한 번 용서했다면 뒤끝을 남기지 않는 것이 진짜 용서야. 완전히 풀어 주는 마음이 관계를 다시 건강하게 만든다. 마더 테레사는 "용서는 사랑의 가장 큰 표현"이라고 했어. 용서란 상대를 위한 행동 같지만 결국은 내 마음을 가볍게 만드는 일이기도 해.

변명의 말은 구차하게 들리면 차라리 하지 않는 게 낫다. 억지 변명은 신뢰를 잃게 하고, 과한 설명은 도리어 마음을 멀어지게 하지. 잘못이 있다면 담담히 인정하고, 필요한 만큼만 말하는 것이 성숙한 태도야. 스토아 철학에서도 "실수는 인정하되, 그 위에 더 많은 말은 얹지 말라"고 했지.

말은 사람이 만든 가장 섬세한 도구다. 언제, 어떻게, 누구에게 전하느냐에 따라 상처가 되기도 하고 선물이 되기도 해. 그래서 말 한마디를 건넬 때마다, 그 말이 누군가의 하루와 마음에 어떤 흔적을 남길지 한 번쯤 생각해 보면 좋겠다. 그것이 바로 **말의 품격**이고, 어른스러움으로 자라는 과정이란다.

세모(歲暮)의 기도

한 해의 끝자락에 서 있으니 너에게 꼭 전하고 싶은 마음이 자꾸만 떠오른다.

연말이 되면 누구나 지난 시간을 돌아보게 되잖니. 그럴 때 무엇보다 먼저 **고마운 일들을 떠올릴 수 있는 마음**이 너 안에 있기를 바란단다. 지나가듯 흘려버렸던 작은 친절들, 우연히 마주한 따뜻한 손길, 힘들 때 누군가 건네준 짧은 한마디의 응원… 돌아보면 그런 순간들이 너를 지탱했던 보이지 않는 울타리였다는 걸 깨닫게 되지. 영국 작가 G.K. 체스터턴은 "감사는 가장 위대한 미덕일 뿐 아니라, 다른 모든 미덕의 뿌리"라고 했단다.

그리고 올해 네가 놓지 못해 마음 한구석을 무겁게 했던 것들이 있다면, 이제는 조용히 내려놓을 수 있는 지혜도 너에게 있었으면 한다. 미련, 욕심, 작은 자존심, 예민한 비교심이나 끝없는 경쟁심, 그리고 어느 순간부터 습관처럼 달라붙은 불필요한 집착들… 일본인들의 스승 우치다 타츠루는 "짐을 버릴 때 비로소 길이 보인다"고 했지. 마음속 깊은 곳에 자리하던 서운함이나 상처마저도 흐르는 강물 위에 살포시 띄워 보내듯, 자연스럽게 놓아 보낼 수 있기를 기도한다.

또 올 한 해 너에게 웃음이 되어 주고 힘이 되어 준 사람들에게도 계속 따뜻한 축복이 임하길 바래야 하지 않겠니. 네가 그들과 나눈 대화, 나눔, 시간들이 그들 마음속에 좋은 기억으로 자리하고, 그들의 삶에도 잔잔한 빛이 비추기를 소망하렴. 미국 심리학자 윌리엄 제임스는 **"사람은 인정받을 때 다시 살아난다"**고 했단다. 그리고 네 몸과 마음을 지켜 주신 하나님의 인도하심을 잊지 않고 감사할 줄 아는 겸허함이 너와 함께하길 바란다.

연말이 되면 누구나 아쉬움도, 미련도, 때로는 후회도 떠오르기 마련이다. 그렇지만 지나간 과거는 지금을 비추는 한 조각의 배움일 뿐이고, 미래는 아직 열리지 않은 무한한 가능성일 뿐이란다. 노벨상 수상자 헤르만 헤세는 **"새로운 시작은 끝이라는 껍질을 깨고 나온다"**고 말했지. 중요한 건 내일 아침 새로운 태양이 다시 떠오른다는 사실, 그리고 그 햇빛이 여전히 너를 따뜻하게 비출 거라는 희망을 놓지 않는 것이란다.

다가오는 새해에는 네가 마음속에 품어온 소망들을 절대로 쉽게 포기하지 않기를 바란다. 비록 속도가 느리더라도, 꾸준히 한 걸음씩 나아갈 수 있는 인내와 힘이 너에게 주어지길 바란다. 예상치 못한 장애물을 만나더라도 결코 멈추지 않는 마음만은 잃지 않길 소망한다.

한 해가 저물고 새해가 고요히 다가오는 이 시간이 너에게 아쉬움의 그림자가 아니라 **새로운 희망이 차오르는 축복의 시간**이 되었으면 한다. 그리고 내일을 향해 다시 걸어갈 힘을, 한 해의 끝에서 듬뿍 얻기를 진심으로 기도한다.

새해의 기도

또 새해가 찾아왔구나. 새해가 밝으면 누구나 마음속에 새로운 결심이 피어나지. 그런데 마음이 커질수록 오히려 보이지 않는 것, 들리지 않는 것들을 놓치기 쉬워진단다. 마더 테레사가 "우리는 큰일을 할 수 없지만 작은 일을 큰 사랑으로 할 수 있다"고 말했듯이, 무엇보다 **낮은 곳을 먼저 돌아볼 줄 아는 마음**을 잃지 않았으면 해. 화려한 것, 눈에 띄는 것만 바라보지 말고, 일상의 골목에서 조용히 도움을 기다리는 사람들, 작은 목소리를 내는 이웃에게 먼저 손을 내밀 수 있는 따뜻한 사람이 되기를 바라며 기도한단다.

그리고 새해에는 '혼자 빨리 가는 길'보다 '함께 멀리 가는 길'을 선택할 수 있는 지혜가 너에게 있기를 바란다. 아프리카 속담에 "빨리 가고 싶으면 혼자 가고, 멀리 가고 싶으면 함께 가라"는 말이 있지. 혼자 달리면 당장은 빨라 보이지만, 함께 걷는 길은 기다림이 필요하고, 속도를 맞추는 인내와 배려도 필요하지. 하지만 그런 여정이야말로 결국 더 먼 곳까지 닿을 수 있다는 사실을 꼭 기억했으면 좋겠다.

또 하나, 사람은 가진 것보다 갖지 못한 것에 더 마음이 끌릴 때가 있단다. 하지만 토마스 머튼이 "감사는 우리가 가진 것을 충분하게 만든다"고 말한 것처럼, 이미 네가 가진 것들의 가치를 먼저 떠올릴 줄 아는 마음을 잃지 않기를 바란다. 너의 평범한 하루, 곁을 지켜 주는 사람들, 너에게 주어진 기회들에

거룩한 유산

감사하는 마음이 새해 내내 너와 함께하길 바란다.

혹시 거친 들판을 걷는 것 같은 시기가 온다 해도, 그 속에서 들꽃 하나의 아름다움을 발견할 수 있는 감수성을 잃지 않았으면 해. 일본 시인 구사노 신페이가 "잡초는 존재를 포기하지 않은 꽃이다"라고 말했듯, 지치는 날에도 작은 기쁨을 보는 눈, 절망 속에서도 희망의 색을 놓치지 않는 힘이 너를 다시 일으켜 줄 거야.

무엇보다도, 기쁠 때든 힘들 때든 항상 네 곁에 계신 하나님의 동행을 잊지 않았으면 한다. 성경에 "내가 너와 함께하리라" 하신 약속처럼, 보이지 않아도 늘 함께 계시는 그 따뜻한 손길이 너의 마음을 붙들고 위로하며, 흔들릴 때마다 다시 중심을 세워 줄 거야.

마지막으로, 네 마음 깊은 곳의 기도가 언젠가는 반드시 열매 맺는다는 믿음을 잃지 않기를 바란다. 마틴 루터 킹 목사는 "믿음은 전체 계단이 보이지 않아도 첫발을 내딛는 것"이라고 말했지. 그 믿음을 붙들고 시작하는 한 해는 분명 너에게 조용한 축복으로 돌아올 거야.

새해의 모든 날들이 너에게 따뜻하고 단단하게 쌓여 가기를 진심으로 기도한다. 그리고 새해에는 서로의 얼굴 마주하며, 따뜻한 가슴으로 그동안 밀린 이야기를 나눌 수 있는 시간을 가져 보자.

편해지려거든 1

편해지려면 먼저 태도를 바꿔야 한다는 말을, 오늘은 조금 더 힘주어 전하고 싶구나.

애야, 사람은 누구나 편해지고 싶어 한다. 덜 흔들리고, 덜 상처받고, 덜 애쓰며 살고 싶어서다. 하지만 아빠가 살아 보니, 진짜 편안함은 언제나 요령 좋은 선택이 아니라, 오히려 조금 손해 보는 것처럼 보이는 결정 끝에서 조용히 찾아오는 경우가 많더라.

편해지고 싶다면, 머리를 굴리기 전에 네가 **먼저 밥을 사는 사람**이 되어 보아라. 그 한 끼가 아깝게 느껴질 수도 있지만, 그 자리에서 흐르는 웃음과 신뢰는 돈으로 따질 수 없는 가치가 된다. 사람 사이의 공기는 누가 더 가졌느냐가 아니라, 누가 먼저 내어놓았느냐에 따라 부드러워진단다.

모르는 것을 묻는 걸 두려워하지 말고, 남의 눈치를 보느라 네 마음을 깎아내리지도 마라. 질문은 부족함의 표시가 아니라, 책임을 다하려는 태도다. 공자는 "아는 것을 안다 하고, 모르는 것을 모른다 하는 것이 참된 앎"이라 했다. 눈치를 보며 삼킨 말 한마디는 마음을 무겁게 하지만, 용기 내어 던진 질문 하나는 네 삶을 한결 명료하게 만들어 준다.

가방은 늘 가볍게 다니거라. 필요 이상으로 채운 물건은 어깨를 누르고, 필

거룩한 유산

요 이상으로 떠안은 걱정은 마음을 지치게 한다. **중요한 일부터 처리하고**, 기억해야 할 것은 머릿속에 쌓아 두지 말고 메모장에 맡겨라. 메모는 네가 잠시 흔들릴 때도 대신 기억해 주는 가장 성실한 조력자다. 그렇게 정리된 하루는 생각보다 훨씬 편안하다.

오늘 할 일은 오늘 마무리하는 습관을 들이렴. 미루는 일은 내일의 너에게 짐을 떠넘기는 일이다. 벤저민 프랭클린의 말처럼 **"오늘 할 수 있는 일을 내일로 미루지 말라"**는 조언은 오래됐지만 여전히 옳다. 내일의 일은 내일의 족보가 있기 마련이다. 가끔은 네가 조금 손해 본다고 느껴지는 선택을 해도 괜찮다. 그 손해는 사람을 잃지 않게 하고, 스스로를 부끄럽지 않게 지켜 준다.

너무 잘하려는 욕심도 조금 내려놓거라. 완벽하려는 마음은 삶을 건고하게 만들기보다 오히려 숨 막히게 한다. 또 언젠가 누군가는 해야 할 일이라면, 그 일을 지금의 네가 해도 좋다. 책임을 미루지 않는 태도는 신뢰를 낳고, 그 신뢰는 결국 너를 가장 자유롭고 편안한 자리로 데려다줄 것이다.

애야, 편안함은 요령이나 기술에서 오는 것이 아니다. 이렇게 하루하루 삶을 정리하며 쌓아 올린 태도 속에서 천천히 자란다. 오늘 하루도 조금 덜 움켜쥐고, 조금 더 내려놓으며 살기를 바란다. 그 과정에서 네 마음이 한결 가벼워지고, 너 스스로가 더 믿음직한 어른으로 자라나기를 아빠는 늘 응원하고 있단다.

불변의 진리 2

애야, 부모인 우리가 살아오며 깨달은 것 중에 꼭 너에게 전하고 싶은 말이 있다. **삶의 진리는 생각보다 단순한데, 그 단순함 안에 깊은 지혜가 숨어 있다**는 사실이란다.

먼저, **사랑은 표현해야 비로소 사랑이 된다**는 걸 기억해라. 마음속 깊은 애정도 말이나 행동으로 드러나지 않으면 상대는 결코 알 수 없다. 톨스토이가 "사랑은 행동으로 증명되는 것이다"라고 말한 것처럼, 손 한 번 잡아 주는 따뜻함, "고맙다"는 짧은 한마디, 가벼운 미소 하나가 사랑을 실제로 존재하게 만든다. 사랑은 머리에서 머무르는 감정이 아니라, 밖으로 흘러나올 때 비로소 힘을 가진다.

그리고 **웃음**도 그렇다. 억지로라도 살짝 미소를 지으면 신기하게도 마음이 풀리고, 주변 분위기까지 밝아진다. 심리학자 윌리엄 제임스는 "우리는 **행복해서 웃는 것이 아니라, 웃기 때문에 행복해진다**"고 말했지. 표정 하나가 하루의 빛깔을 바꿔 놓는 경험을 너도 언젠가 분명하게 느낄 거야.

감사하는 마음도 삶을 풍요롭게 만드는 중요한 힘이다. 감사는 예의 차원을 넘어서, 세상을 바라보는 시야를 밝히는 '마음의 렌즈'와 같지. 빌 게이츠가 매일 밤 잠들기 전 "하루에 가장 고마웠던 한 가지를 떠올린다"고 했다는 이

거룩한 유산

야기도 있어. 작은 일에도 감사할 줄 아는 사람은 하루가 훨씬 따뜻해지고, 사람들과의 관계도 자연스럽게 깊어진단다.

또 하나, **남에게 친절하게 대하는 일은 결국 돌아온다.** 물론 보답을 바라라는 뜻이 아니다. 다만, 마음에서 우러난 작은 배려 하나가 결국 너 자신을 더 부드럽고 단단한 사람으로 만들어 준다는 뜻이다. 마더 테레사가 "친절은 짧은 말이지만, 그 울림은 끝이 없다"고 한 말처럼, 남을 돕는 순간 도움을 주는 사람도 함께 성장한다.

그리고 애야, **오늘을 즐겁게 사는 사람이 결국 평생을 즐겁게 산다.** 행복은 거창한 성취에서 오지 않고, 매일의 작은 선택과 태도에서 자란다. 차 한 잔을 음미하거나, 짧은 산책을 즐기거나, 좋아하는 음악을 듣는 그 순간들이 모여 인생 전체가 밝아지는 법이다.

또 "부자가 되고 싶으면 부자와 가까이하라"는 말이 있지. 이것은 단순히 돈을 좇으라는 뜻이 아니라, **그들의 사고방식과 습관에서 배울 점이 있다**는 의미다. 긍정적이고 도전적인 사람들과 지내면 그 기운이 자연스럽게 너에게도 스며든다. 워렌 버핏도 "사람은 자신이 가장 자주 만나는 다섯 사람의 평균으로 살아간다"고 하지 않니?

결국 삶의 기본 원리는 놀라울 만큼 단순하다.
사랑하고, 웃고, 감사하고, 남에게 잘하고, 하루의 즐거움을 찾고, 좋은 사람들과 가까이 지내기.

세상에서 가장 나쁜 말

애야, 사람들이 세상에서 가장 나쁜 말이 뭐냐고 물으면, 대부분 욕설이나 남을 비난하는 말, 거짓말 같은 걸 먼저 떠올리곤 해. 누군가의 마음을 콕 찌르듯 아프게 하는 말, 관계를 깨뜨리는 말, 영혼을 상하게 하는 말들…. 이런 말들이 나쁜 건 사실이지. 사람은 말 한마디에 상처받고, 말 한마디에 기운이 꺾이기도 하니까.

그런데 말이다, 나는 그보다 더 무서운 말이 있다고 생각한다. 바로 **"할 수 없다"**라는 말이야. 이 짧은 네 글자는 욕이나 거짓보다 더 깊은 상처를 만들 때가 있어. 왜냐하면 "할 수 없다"라는 말은 남을 다치게 하기 전에 **먼저 자기 자신을 가두는 말**이기 때문이지. 그 말이 마음속에 심어지는 순간, 아직 꽃도 피우지 못한 가능성이 시들어 버린단다.

스스로 "나는 못 해"라고 말하는 순간, 마음속 문이 하나둘씩 잠겨 버린다. 가능성의 문이 닫히고, 도전하려던 마음이 접히고, 꿈도 어느새 희미해진다. 마치 벽도 없는 공간에 스스로 벽을 세우는 것처럼 말이야. 그래서 미국의 철학자 에머슨도 "사람을 만드는 것도, 무너뜨리는 것도 결국 그가 자기에게 하는 말"이라고 했어.

재능이 많든 적든, 능력이 뛰어나든 평범하든 그건 본질이 아니야. 스스로에게 "나는 못 한다"라고 말하는 순간, 그 사람의 잠재력은 꽁꽁 묶여 버린다. 반대로 "해 볼까?", "할 수 있을지도 몰라", "한번 도전해 보자"라고 말하는 사람은 조금씩이라도 앞으로 나아갈 힘을 얻지. 일본의 마라토너 오사코 스구루도 경기마다 스스로에게 "지금은 힘들지만, 아직 끝난 게 아니다"라고 되뇌었다고 하더라. 그 말 하나가 계속 달리게 만든 힘이었대.

애야, 그래서 아빠는 네가 마음속에서라도 "할 수 없다"라는 말을 꺼내지 않았으면 좋겠어. 그 말은 정말 세상에서 가장 나쁜 말이야. 왜냐하면 **너를 가장 아프게 하고, 너의 가능성을 가장 먼저 꺾는 말**이니까. 남이 너를 제한하기도 전에 네가 먼저 너를 가두는 셈이거든.

살다 보면 어려운 일도 있고, 해도 해도 잘 안 되는 순간도 있다. 그건 누구에게나 있는 일이야. 하지만 그럴 때일수록 네 스스로에게 이렇게 말해 줘야 해.
"나는 할 수 있어."
"조금 어렵지만, 그래도 해 볼게."
"포기하지 않을 거야."

말 한마디가 생각을 바꾸고, 생각이 행동을 바꾸고, 행동이 결국 네 미래를 만든단다. 마치 씨앗 하나가 나무를 만들듯이, 말 하나가 너의 인생을 바꾸는 거야. 헬렌 켈러도 "낙관은 성취로 가는 믿음"이라고 했지. 낙관이라는 건 거창한 게 아니라, 결국 스스로에게 하는 말에서 시작한단다.

행복의 비법

애야, 사람이 평생을 행복하게 살 수 있는 비결이 뭘까? 이건 정말 많은 사람들이 평생을 두고 떠올리는 질문이란다. 그런데 어느 기자가 임종을 앞둔 한 노인에게 똑같은 질문을 했다는 이야기가 있어. **"평생을 행복하게 산 비결이 무엇입니까?"** 하고 말이지.

노인은 눈을 감고 잠시 생각에 잠겼다가, 아주 천천히 이야기를 시작했단다. 젊었을 적, 거미줄에 걸려 죽어 가던 작은 나비 한 마리를 구해 준 일이 있었대. 그때는 그냥 마음이 가는 대로 도운 작은 친절이었을 뿐, 특별한 의미를 두지 않았지. 그런데 놀랍게도 그 나비가 잠시 후 자신에게 날아와 말을 하더라는 거야. 알고 보니 그 나비는 변장한 천사였고, "당신의 소원 하나를 들어주겠다"고 말했대.

노인은 그 순간, 마음 깊숙이 숨겨 둔 소원을 꺼내 말했다지. "평생 행복하게 사는 방법을 알고 싶습니다." 그러자 천사는 아주 조용히, 귓가에 입을 대고 단 한마디를 속삭였대.

기자가 다시 물었지. "그 말씀이 무엇입니까?"
노인은 마지막 힘을 모아 미소를 지으며 이렇게 말했다.
"감…사. 바로 그 한마디요."

거룩한 유산

애야, 이 이야기가 우리에게 알려 주는 건 참 단순하지만 심오한 울림이 담겨 있다. 행복은 멀리 있지 않아. 큰 성공을 거둬야 생기는 것도 아니고, 특별한 순간에만 찾아오는 것도 아니지. 우리가 매일 살면서 만나는 소소한 일들 속에서 **감사할 줄 아는 마음**이 있을 때, 그 안에서 행복이 피어나는 거야.

아침 햇살에 눈을 뜨는 순간, 따뜻한 밥을 먹는 일, 가족의 얼굴을 보는 평범한 하루, 친구의 작은 말 한마디, 길에서 마주친 사소한 친절, 네가 좋아하는 일을 할 수 있는 기회… 이런 모든 것들이 사실은 '감사'의 이유란다. 루이스 L. 헤이도 말했어. **"감사는 마음의 문을 열고 기쁨을 부른다"**고 했지. 이런 감사가 쌓이면, 힘들고 슬픈 순간에도 마음속에 작은 빛이 남아 있게 돼. 그게 바로 감사의 힘이고, 노인이 평생 지켜 온 행복의 비밀이란다.

감사는 마음을 부드럽고 따뜻하게 만들고, 사람들 사이의 관계를 튼튼하게 하고, 네 삶을 더 풍요롭게 만들어 준다. 세상의 부나 명예가 아니라, 일상의 작은 순간에도 감사할 줄 아는 마음, 그리고 그걸 행동으로 표현하는 습관 — 바로 이것이 평생 행복하게 사는 진짜 힘이야.

애야, 큰 기적만 바라며 살지 않았으면 좋겠다. 매일 네 앞에 조용히 놓여 있는 감사의 순간들 — 그 작은 기적들이 모여 너의 인생 전체를 더 아름답게 바꾸게 될 테니까.

마음먹기 나름

애야, 오늘도 너에게 꼭 들려주고 싶은 이야기가 있다. 우리가 살아가면서 보고, 걷고, 느끼고, 기뻐하고, 슬퍼하고, 화내고, 두려워하고, 누군가를 사랑하거나 미워하거나, 부러워하거나 질투하거나, 또 반성하고 사색하는 모든 순간들… 이 모든 행동과 감정의 중심에는 바로 '마음'이 있단다. 마음은 단순히 감정이 오가는 공간이 아니라, 네 삶 전체의 출발점이자 중심이야.

기쁨도 마음에서 시작되고, 슬픔도 마음에서 자라고, 분노도 마음에서 일어나. 두려움도, 사랑도, 성찰도 모두 마음의 움직임이야. 그래서 외부에서 무슨 일이 일어나든, 결국 그걸 어떻게 받아들이고 해석하느냐는 마음이 결정하지. 헨리 데이비드 소로우가 말했듯, "우리의 삶은 마음이 만드는 그림자와 같다." 밖에서 벌어지는 상황보다 더 중요한 건 네 마음의 상태란다.

할 수 있다고 마음먹으면 정말로 할 수 있는 힘이 생기고, 될 수 있다고 마음먹으면 그 가능성이 현실로 이어져. 마음은 단순히 감정을 담는 그릇이 아니라, 네 인생의 방향을 정해 주는 나침반 같은 거야. 같은 상황이라도 마음가짐에 따라 전혀 다른 결과가 나오는 걸 너도 여러 번 느껴 봤을 거야. 힘든 순간에도 마음을 바로 잡으면 길이 보이고, 혼란스러울 때에도 마음을 잃지 않으면 끝내 안전한 곳에 도착하게 되지.

거룩한 유산

무엇을 하든, 무엇이 되든, 무엇을 이루든 결국 마음이 가장 중요한 기준이야. 재능이 있든 없든, 환경이 좋든 나쁘든, 마음이 흔들리면 아무리 좋은 기회도 놓치게 되고, 아무리 큰 능력노 빛을 잃지. 반대로 마음이 단단하게 준비돼 있다면 어려운 상황에서도 기회를 찾아 내고, 어떤 난관도 넘어설 수 있는 힘이 생기지. 예를 들어, 올림픽 선수들이 긴장된 경기에서 평소 실력을 발휘하는 것도 마음을 다스리는 능력 덕분이란다.

　마음은 또 모든 배움과 성장을 가능하게 하는 힘이야. 마음을 열고 깊이 생각할 때 비로소 삶의 진리를 깨닫고, 나 자신을 이해하고, 다른 사람까지 이해하게 돼. 사랑도 마음에서 나오고, 용서도 마음에서 시작돼. 슬픔을 견디는 것도, 분노를 누르는 것도, 기쁨을 오래 간직하는 것도 모두 마음의 힘이지. 마음을 잘 지키지 못하면 작은 오해 하나에도 쉽게 흔들리고 진짜로 중요한 것을 놓치게 돼.

　결국 모든 것의 시작도 마음이고, 모든 성공과 행복, 선택과 가능성도 마음에서 비롯된단다. 네가 앞으로 어떤 사람으로 성장할지, 어떤 길을 걷게 될지도 결국 **네 마음을 어떻게 다스리느냐**에 달려 있어. 그러니 마음을 바르게 지키고, 흐트러지지 않게 단단히 잡고, 세상을 따뜻한 마음으로 바라보려는 태도를 잃지 않았으면 좋겠다. 마치 달라이 라마가 말했듯, "**행복은 마음의 상태에서 시작된다.**" 너의 마음이 곧 너의 세상을 만든다는 사실을 늘 기억하렴.

편해지려거든 2

애야, 사람이 진짜 편안해지려면, 먼저 자기 자신에게 솔직해지는 것부터 시작해야 한단다. 마음속에서 계속 맴도는 말이나 감정이 있다면 억지로 눌러두지 말고, 네가 느끼는 그대로 표현해도 괜찮아. 남이 알아주길 바라기보다, 네 마음을 네가 먼저 챙기는 것이 훨씬 중요하단다. 심리학자 칼 로저스가 말했듯, "자기 자신에게 진실된 사람이 될 때 비로소 마음의 평화를 얻는다"라는 것도 같은 의미란다.

그리고 애야, 걱정은 미리 끌어안지 마라. 앞으로 벌어질 일을 너무 미리 생각하다 보면 불안만 커질 뿐이야. 미래는 누구도 정확히 알 수 없고, 예상은 언제나 틀릴 수 있어. 마크 트웨인은 "미래를 걱정하는 것은 현재의 즐거움을 훔치는 도둑과 같다"라고 했지.

울고 싶을 때는 울어도 돼. 눈물은 약한 게 아니라, 마음의 무거움을 씻어내는 자연스러운 과정이란다. 화가 날 때도 참고 눌러두지 말고, 네 방식대로 풀어내렴. 베개를 던지든, 혼자 산책을 하든, 속에 있는 불을 조금은 밖으로 내보내야 해. 일본 속담에 "눈물을 삼킨 사람은 더 큰 눈물을 흘린다"라는 말이 있듯, 마음을 억누르면 결국 스스로를 더 힘들게 만든다.

그리고 애야, 준 만큼 돌아올 거라는 기대도 내려놓는 법을 배워야 해. 세

거룩한 유산

상은 우리가 생각하는 만큼 공평하지 않을 때가 많아. 사람 마음도 늘 같지 않고, 상황도 매번 달라지기 마련이지. 이미 지나간 일, 바꿀 수 없는 일에 너무 오래 매달리면 마음만 더 무거워진단다. 엎지른 물을 다 담을 수 없듯, 어떤 일들은 그냥 흘려보내야 해.

세상이 때로는 불공평하고, 인생이 외롭다는 사실도 인정해야 한단다. 그렇다고 외로움이 약점이 되는 건 아니야. 누구나 겪는 자연스러운 감정이지. 이걸 받아들일 줄 알아야 네 마음이 더 자유로워지고, 남에게 과하게 의존하지 않고도 스스로 서 있을 수 있어. 힘든 일이 오면 속으로 이렇게 말해라. "이 또한 지나가리." 어떤 폭풍우도 영원하지 않고, 마음의 상처도 시간이 지나면 조금씩 아물게 된단다.

진짜 편안함은 밖에서 얻는 게 아니야. 남이 너를 인정해 주고 칭찬해 준다고 해서 마음이 완전히 편해지는 건 아니지. 진짜 편안함은 네 감정을 네가 알고, 받아들이고, 스스로 조율할 때 생기는 거야. 하고 싶은 말을 하고, 울고 싶은 만큼 울고, 화도 지나가게 내보내고 나면 마음이 훨씬 가벼워질 거야.

세상과 적당한 거리를 두고, 기대와 집착을 조금씩 내려놓는 연습을 해라. 그러면 작은 일에 흔들리지 않고, 지나간 과거에 매달리지 않고, 아직 오지 않은 미래 때문에 불안해하지 않으면서 훨씬 더 자유롭게, 훨씬 더 평온하게 살 수 있단다. 기억해라, 편안함은 남이 주는 게 아니라, 네가 스스로 만드는 거란다.

다시 한번 너에게

◆

　애야, 오늘은 이 말을 꼭 들려주고 싶어서 편지를 쓴다. 아무리 널 사랑해도 **네 삶을 대신 살아 줄 수는 없다**는 것이다. 함께 걸어 줄 수는 있지만, 네가 직접 겪어야 할 순간들, 네가 마주해야 할 선택과 길을 대신 살아 줄 수는 없다는 뜻이야. 내가 아무리 많은 것을 말해 주고 가르쳐 준다 해도, 그걸 정말 마음으로 받아들이고 깨닫는 건 결국 너 자신이 해야 하는 일이란다. **"아무도 대신 걸어 줄 수 없다"**고 말했던 톨스토이가 떠오르는구나. 그래야 그 경험은 진짜 너의 것이 되지.

　또 선택의 기로에서 조언을 해 줄 수 있고, "이 길은 어떨까?" 하고 방향을 제시해 줄 수는 있어도, 마지막에 어떤 길을 선택할지는 항상 너의 몫이지. 세상엔 길이 무수히 많고, 어떤 길을 택해 걸어갈지 결정하는 건 네가 스스로 해야 하는 중요한 과정이란다. 나는 그 길의 주변을 함께 걸어 주고, 위험해 보이는 곳이 있으면 알려 줄 수는 있지만, **완주하는 건 오직 너의 발걸음**이야.

　내가 너에게 예쁜 옷을 사줄 수 있고, 외모를 단정하게 꾸밀 수 있도록 도와줄 수도 있어. 하지만 마음의 아름다움은 내가 대신 가꿔 줄 수 없단다. 그건 너 안에서 자라는 것이고, 너의 생각과 태도, 마음가짐이 만들어 내는 거야. 공자는 "군자는 의를 보고 행하고, 소인은 이익을 보고 행한다"고 했지.

　　　　　　　　　　　　　　　　　　　　거룩한 유산

어떤 마음으로 살아갈지, 어떤 가치를 선택할지는 결국 네가 결정해야 한다는 말이야.

또한 신앙이나 사랑에 대해 설명해 줄 수는 있지만, 그 믿음을 스스로 받아들이고 선택하는 건 너의 몫이야. 신념이나 원칙은 누가 대신 정해 주는 게 아니라, 네가 직접 삶을 겪으며 마음속에 세워 가는 거다. 어떤 사람은 큰 실패를 통해 원칙을 배우고, 어떤 사람은 작은 기쁨을 통해 믿음을 키우지. 각자의 속도로, 각자의 방식으로 자라는 것이란다.

애야, 나는 너를 정말 사랑한다. 죽도록 사랑한다. 하지만 그 사랑이 네 인생을 대신 살아 줄 만큼의 힘을 가진 건 아니야. 인생의 기쁨도, 슬픔도, 넘어지는 순간도, 다시 일어서는 순간도 **네가 직접 마주해야 할 너만의 장면**들이야. 나는 옆에서 "괜찮아, 다시 일어나면 돼"라고 말해 줄 수는 있어도, 네가 일어서기 위해 필요한 근육은 네가 길러야 해. 스티브 잡스가 말했듯, "점들은 나중에서야 선으로 보이는 것"이고, 그 점을 찍는 과정은 결국 본인이 하는 거란다.

그래서 다시 한번 말하지만, **네 삶은 네 것이다.** 나는 그 삶을 함께 지켜보는 사람일 뿐이고, 네 앞에 놓인 길을 대신 걸어 줄 수는 없어. 네가 느끼는 책임도, 이루는 성취도, 겪는 슬픔과 기쁨도 모두 네 것이어야 한다. 그래야 너는 너답게 성장할 수 있단다.

행운을 바라거든

◆

부모 된 마음으로 너에게 꼭 해 주고 싶은 말이 또 있다. 행운을 네 편으로 만들고 싶다면, 먼저 너 자신을 가장 소중하게 여겨야 한다는 거야. 네 마음도, 네 몸도, 네 생각도, 네 행동도 스스로 존중할 줄 알아야 해. **"자신을 사랑하는 사람만이 세상을 사랑할 수 있다"**는 말처럼, 자기 자신을 온전히 품고 아껴 줄 줄 아는 사람에게는 세상도 조금씩 미소를 보내기 시작한단다.

불안이 찾아올 때도 피하거나 모른 척하지 말고, 조용히 그 불안을 마주해 보렴. 작은 촛불도 어둠이 있어야 더 밝게 보이듯, 불안은 너를 괴롭히려는 손님이 아니라 성장의 문을 두드리는 조용한 신호란다. 그런 순간들이 쌓일 때마다 마음은 단단해지고, 어려움 속에서도 한 걸음씩 나아갈 용기가 생긴단다.

그리고 운이 좋은 사람들과 가까이 지내는 것도 정말 중요해. 사람은 곁에 있는 이들의 기운을 닮아 가기 마련이거든. 오래전 한 철학자는 **"네 곁에 있는 사람을 보면 네 미래를 알 수 있다"**고 말했단다. 긍정적인 사람 옆에 있으면 어느 순간 너 역시 더 밝고 따뜻하고 용기 있는 모습으로 변해 가게 된다. 그들과 함께 나눈 시간들은 너의 태도를 바꾸고, 태도는 다시 너의 삶을 바꿔 놓지.

거룩한 유산

또 하나, 네가 꿈꾸는 순간을 마음속에 생생하게 그려 보렴. 축구선수가 경기에 나서기 전 '이미 골인을 한 듯한 장면'을 수백 번 그려 보며 경기력 향상을 이뤄 낸 사례가 많듯, 꿈을 마음속에서 먼저 그려 본 사람은 현실에서도 더 가볍고 단단한 발걸음을 내딛게 된단다.

그리고 무엇보다 남의 행복을 진심으로 축하해 줄 수 있어야 해. 타인의 성공을 질투하기보다 기꺼이 기쁨으로 바라볼 수 있는 사람에게는 행운이 참 신기하게도 자연스럽게 찾아온단다. 오래된 속담에도 "남의 복을 축원하는 자에게 복이 머문다"고 하지 않니. 그건 허투루 만들어진 말이 아니야.

세상은 우연과 운만으로 돌아가지 않는다. 행운은 준비된 사람 옆에 머물고, 네 마음가짐과 선택에 따라 흐름도 달라진단다. 그래서 결국 중요한 건 이것이야. 행운이 너의 편이 되기 위해서는, 너도 행운의 편이 되어야 한다는 것. 마음의 문이 닫혀 있으면 아무리 좋은 기회가 와도 스쳐 지나갈 뿐이거든. 유명한 말 중에 "기회는 늘 문을 두드리지만, 준비된 자만 그 소리를 듣는다"는 말도 있지 않니.

오늘 네가 선택하는 마음가짐이 내일의 행운을 만든다. 그러니 오늘도 조금씩, 하지만 분명하게 행운을 향해 걸어 나가길 바란다. 한 걸음 한 걸음에 감사하고, 매 순간을 긍정하며, 작은 행동에 성실함을 담는다면, 행운은 절대 너를 외면하지 않을 거야. 어느 순간, 행운은 네 삶의 일부가 되어 자연스럽게 너를 이끌고 있을 테니 말이다.

'그래도'로 떠나 보라

◆◆◆

요즘 많이 힘드니? 일이 마음처럼 풀리지 않아 답답하고, 사람들과의 관계도 어긋나 지치는 순간이 있지 않니? 햇살이 따뜻한 날에도 마음 한구석이 괜히 무거워지고, 이유 없이 우울해질 때도 있을 거야. 누구나 그런 순간을 맞이하지. 괴테는 "아무리 밝은 햇살도 마음의 문이 닫혀 있으면 들어오지 못한다"고 했지. 그래서 때로는 세상이 아니라 우리의 마음이 가장 큰 무게가 되곤 해.

그럴 때 네가 잠시 숨을 고르며 쉬어 갈 수 있는 특별한 섬이 하나 있단다. 바로 **네 마음속에 있는 '그래도'라는 섬**이야. 예전에 어떤 작가가 말했다더라. "인간은 도망칠 곳이 없을 때 가장 먼저 마음속에 작은 집 하나를 만든다"고. 그 말처럼 이 섬은 현실의 무게에서 잠시 벗어나 스스로를 다독이고 위로할 수 있는 조용한 피난처 같은 곳이지.

그 섬에 가면 곳곳에서 너를 따뜻하게 감싸 주는 말들이 플래카드에 쓰여 있단다.
"그래도 너는 씩씩하잖아."
"그래도 너는 참 멋진 사람이야."
"그래도 너에겐 널 진심으로 아끼는 사람들이 있어."
"그래도 세상은 아직 살 만한 곳이야."

거룩한 유산

사람은 누구나 흔들리고 넘어지고 실수도 해. 완벽한 사람은 없지. 그리스의 옛 철학자 소크라테스가 "나는 넘어지지 않는 법이 아니라, 넘어져도 다시 일어나는 법을 배웠다"고 했던 것도 그런 이유일 거야. 그런데 '그래도' 섬으로 떠날 줄 아는 사람은 그 흔들림 속에서도 자신을 잃지 않아. 폭풍 속에서도 잠시 등불을 켤 수 있는 작은 집이 있는 것처럼 말이지. 잠시 그곳에 머물다 보면 스스로를 바라보는 시선도 조금씩 부드러워져. 부족함도 실패도 나를 공격하는 적이 아니라, 이해해 줘야 할 내 일부라는 걸 깨닫게 되지.

삶이 버거울 때 마음속에서 '그래도…'라는 단어 하나만 떠올려도 호흡이 조금 편안해지고, 발걸음도 한결 가벼워질 거야. 일본의 어떤 작가는 "희망은 먼 곳에서 오는 게 아니라 마음속의 아주 작은 숨구멍에서 시작된다"고 말했지. 그 숨구멍을 여는 말이 바로 '그래도'라는 단어일지도 몰라. 우리가 매 순간 완벽하게 살 수는 없지만, **그래도 우리는 여전히 의미 있는 삶을 살아가는 존재**라는 사실만은 변하지 않으니까.

결국 중요한 건, 힘든 순간에도 너 자신을 놓지 않는 거야. 삶은 언제나 완벽하지 않고, 어떤 사람도 흠 없이 살진 못해. 하지만 '그래도'라는 섬에서 잠시 숨을 고를 줄 아는 사람은 세상의 거친 풍랑 속에서도 결국 자신을 잃지 않아. 그러니 기억해라. 필요할 때마다 그 섬으로 떠나렴. 그곳은 늘 네 편에 서 있고, 늘 너를 따뜻하게 품어 줄 준비가 되어 있으니까.

결국은 마음 다스리기

떠날 때는

◆

사람이 떠날 때는 참 많은 감정이 한꺼번에 밀려온단다. 슬픔도 있고, 아쉬움도 있고, 때로는 미련이나 분노까지 뒤엉켜 마음을 흔들지. 하지만 떠나는 그 순간만큼은 그 모든 감정을 굳이 말로 다 꺼내 놓을 필요가 없단다. 이유를 하나하나 설명하려 들지 말고, 상대에게 이해를 요구하려 하지도 마라. 공자는 "지나치게 말이 많으면 마음이 흐트러진다"고 했지. 떠나는 순간의 설명은 상황을 바꾸지 못할뿐더러, 오히려 더 큰 상처가 될 때가 있어.

그리고 떠날 때는 서로 주고받았던 일들을 셈하려 들지 마라. 함께한 시간 속에서 오갔던 작은 도움이나 서운함, 혹은 다툼 같은 것들을 하나하나 계산하며 마음을 무겁게 만들 필요는 없어. 상처는 바람에 날아가게 모래에 적고, 고마움은 오래 기억되도록 바위에 새겨야 한다. 지나간 일은 결국 지나간 것이고, 떠나야 할 순간에는 별 의미가 없지. 시간이 흐르면 기억은 자연스럽게 다듬어지고, 좋은 순간은 더 따뜻해지고, 아픈 순간은 배움으로 남는 법이다.

혹시 떠나면서 마음이 서글퍼지더라도, 상대 앞에서 눈물을 보이려 애쓰지 마라. 눈물은 솔직한 감정이지만, 때로는 상대에게 무겁게 다가온다. 떠남의 순간에는 감정에 휘둘리기보다 담담하게 돌아서는 용기가 필요하다. 혹시 미움이 남아도 상처 주는 말이나 행동을 하지 않는 게 중요하다. "이별할 때의 마지막 한마디가 그 사람의 인격을 말해 준다"는 말처럼, 마지막에 남긴 말이 오래도록 마음에 머물기 마련이니까.

미련이 남아도 애야, 뒤돌아보지 마라. 이미 떠나기로 결정했다면 그 선택을 따라 앞으로 걸어가야 해. 구약성경의 롯의 아내가 뒤돌아본 순간 돌기둥이 되었다는 이야기도 결국 지나간 것을 붙잡으려 하면 현재를 잃는다는 교훈이지. 그리고 누군가가 너에게 야속할 만큼 갑자기 떠난다 해도, 그 사람을 비웃거나 원망하지는 마라. 그도 눈에 보이지 않는 사정이 있을 수도 있고, 떠나는 방식은 사람마다 다르니까.

대신, 시간이 흘러도 추억만큼은 곱게 간직해라. 헤밍웨이는 "**상처는 결국 더 강해진 자리**"라고 했다. 추억은 우리를 지탱해 주는 힘이고, 네가 관계에서 배운 것들을 담아 두는 그릇이야. 추억을 지운다고 아픔이 사라지는 것은 아니니 억지로 잊으려 하지 말고, 마음 한편에 조용히 둬라.

애야, 떠날 때는 아무 말 없이 떠나는 게 더 아름다울 때가 있어. 그러면 남는 건 미련이나 원망이 아니라, 서로에게 남긴 좋은 기억과 스스로를 지키는 너의 용기일 거야. "**고요하게 떠나는 자에게 세상은 길을 열어 준다**"는 말처럼, 그렇게 떠날 줄 아는 사람은 결국 더 자유로워지고, 남아 있는 사람도 마음의 평안을 얻게 된단다. 떠남도 삶의 한 과정이니, 언젠가 그 순간을 맞게 되더라도 지혜롭게 잘 건너가길 바란다.

척과 껏

인생을 살아가다 보면 꼭 알아 두면 좋은 원칙들이 몇 가지 있단다. 그중 하나가 바로 '척과 껏'이라는 태도야. 말은 조금 장난스럽게 들리지만, 사실은 삶의 여러 순간에서 균형을 잡아주는 아주 중요한 지혜란다. 예로부터 공자도 **"군자는 때에 맞게 행동한다"**고 말했지. 바로 그 '때'와 '정도'를 맞추는 것이 척과 껏의 핵심이란다.

예를 들어 술자리만 봐도 그렇지. 꼭 많이 마시는 게 능력은 아니야. 오히려 못 마시는 척하면서 천천히, 자기 페이스대로 즐기는 사람이 더 현명할 때가 많단다. 예전 내가 모시던 직장 상사 한 분은 술에 약하면서도 분위기를 망치지 않으려고 물로 희석해 가며 즐겁게 대화를 이끌어 모두의 인정을 받았었지. 겉으로는 조심스러워도 속으로는 편안하게 즐길 줄 아는 사람, 그런 사람이 분위기도 살리고 스스로도 무리하지 않는 법이지.

하지만 일을 할 때는 반대로 해야 한단다. 건성으로 하는 척만 해서는 아무것도 얻을 수 없어. 『논어』에 **"그저 하는 척만 하는 자는 아무것도 이루지 못한다"**는 구절이 있는데, 있는 힘껏, 마음껏 몰입해야 비로소 성취감도 생기고 성장도 가능하다는 말이겠지. 놀 때 역시 마찬가지야. 그저 노는 척하며 시간을 흘려보내지 말고, 놀 때는 한껏 즐기고, 웃고, 충전해야 해. 삶의 매 순간에 진심이 담겨야 만족도 깊어지고, 마음도 단단해진다. 장자도 **"마음이 즐거**

거룩한 유산

우면 노는 것도 도(道)가 된다"고 했지 않니.

  그리고 애야, 고수 앞에서는 절대 잘난 척할 필요 없단다. 오히려 겸손하게 배우려는 마음을 갖는 게 가장 빠르게 성장하는 길이지. 고금을 통틀어 진짜 고수들은 제자에게 고개 숙여 질문하는 사람을 더 높이 평가했다고 해. 바둑 고수 조훈현이 후배 기사에게서도 배울 점을 찾으려 했던 것처럼 말이야. 스스로를 내세우기보다 배울 기회를 잡는 것, 그게 진짜 지혜란다.

  잘 나갈 때는 한껏 겸손해야 하고, 일이 안 풀릴 때는 힘껏 밀어붙이며 노력해야 해. 손자병법에서 **"형세가 좋을 때는 더욱 조심하고, 형세가 나쁠 때는 더욱 힘써라"**고 한 것도 같은 맥락이야. 성공과 실패가 뒤섞인 순간에 중심을 잃지 않도록 도와주는 것이 바로 척과 껏의 균형이란다. 겉으로 보이는 모습과 속에서 실제로 하는 행동 사이의 미묘한 조절, 이것을 잘하는 사람이 결국 삶을 지혜롭게 살아가게 되지.

  결국 애야, 인생은 상황과 순간에 맞는 태도를 잘 고르는 연습이야. 술자리에서든, 일터에서든, 놀이 속에서도, 관계 속에서도 — 진심을 잃지 않되, 때로는 드러나지 않게, 때로는 적극적으로, 그때그때 필요한 만큼 자신을 조절할 줄 알아야 해. 다산 정약용도 **"때에 맞는 말과 행동이 곧 품격"**이라고 했단다. 이런 '척과 껏'의 감각을 익힌 사람은 삶에서 균형을 잃지 않고, 주변과 잘 어울리면서도 자기 길을 묵묵히 걸어갈 수 있지 않을까.

열심히 살라

우리가 살다 보면 자연 속에서 많은 지혜를 얻게 된단다. 새가 하늘을 나는 걸 보면 몸이 가벼워서 떠오르는 것처럼 보이지만, 사실은 그렇지 않아. 새는 가벼워서 나는 게 아니라 **날갯짓을 멈추지 않기 때문에** 하늘에 머물 수 있는 거야. 한 생태학자가 "새의 비행은 날개가 아니라 끈기가 만든 결과"라고 말한 적이 있어. 퍼덕임을 멈추면 어떤 새도 떨어질 수밖에 없지만, 끝까지 힘을 모아 날갯짓할 때 비로소 하늘을 나는 존재가 되는 거란다.

치타도 그렇지. 치타가 세상에서 가장 빠른 육상 동물이 된 건 단순히 다리가 길어서가 아니야. 달릴 때 보면, 마치 자기 몸을 모두 던져 앞으로 나아가려는 듯한 의지가 보여. 한 다큐멘터리에서는 치타의 최고 속도는 '신체 조건 + 결심'의 결과라고 표현했어. 타고난 재능이 어떤 도움을 준 건 사실이지만, 그 속도를 실제로 만들어 내는 건 온 힘을 다해 뛰어 가려는 치타의 마음이란 걸 잊지 않았으면 해.

작은 개미도 귀한 가르침을 주는 존재란다. 개미는 특별한 힘이 있어서 살아남은 게 아니야. 오히려 개미를 노리는 적들은 세상에 너무 많지. 그럼에도 수백만 년 동안 생존할 수 있었던 건 늘 움직이고, 바쁘게 일하고, 어떤 환경에서도 방법을 찾아 나서려 했기 때문이야. 고대 그리스의 시인 솔론도 "개미에게 배우라. 작은 몸으로도 부지런함을 선택해 미래를 준비한다"고 말했지. 결국 성실함이 가진 힘은 우리가 생각하는 것보다 훨씬 크단다.

너도 잘 아는 거북이와 토끼 이야기 역시 마찬가지야. 거북이는 자기가 느리다며 불평하지 않았고, 토끼의 조롱에도 흔들리지 않았어. 그저 자기 속도로 꾸준히 앞으로 나아갔을 뿐이지. 그리고 결국 이겼지. 아이소포스 우화가 전하려는 핵심은 단순한 교훈이 아니야. **느리더라도 멈추지 않는 힘, 조용하지만 꾸준한 걸음이 결국 속도를 이길 때가 있다**는 아주 중요한 진실을 담고 있어.

이런 자연의 모습들을 보면, 사람 사는 길도 크게 다르지 않다는 걸 깨닫게돼. 누군가는 운 좋게 성공하기도 하지만, 사실 그 '운'조차 자세히 들여다보면 오랜 시간의 준비와 꾸준함이 만들어 낸 열매인 경우가 많아. 미국 발명가 에디슨이 "운은 준비된 사람에게만 미소 짓는다"고 말한 것도 바로 이 때문이야. 성공의 문 앞에 서 있는 사람은 대부분, 그 문까지 오기 위해 묵묵히 걸어온 사람이더구나.

얘야, 네가 삶에서 이루고 싶은 게 있다면 결국 가장 중요한 건 타고난 조건이나 환경이 아니야. **얼마나 꾸준히 움직이냐**, **얼마나 끈기 있게 나아가느냐** 하는 마음가짐이 진짜 힘을 만드는 법이야.

인생은 마음 다스리기

인생을 살아가는 데 가장 중요한 건 결국 **'마음을 어떻게 다스리느냐'**가 아닐까 생각해 본다. 사람의 선택도, 행동도 모두 마음에서 비롯되고, 그 마음이 향하는 방향에 따라 인생의 흐름은 전혀 달라지지. 그래서 마음을 곧게 세우고, 흔들리지 않게 지키며, 스스로를 돌아보며 살아가는 태도는 어떤 기술보다 값지고 오래가는 능력이란다.

우선, 한 번 결심했으면 쉽게 바꾸지 않는 **단단함**이 필요해. 결심은 순간의 감정이 아니라 **미래의 너에게 보내는 약속**이기 때문이지. 흔들릴 때일수록 더 중심을 잡아야 해. 태풍 속에서도 꿋꿋한 나무를 떠올려 보렴. 바람이 거셀수록 나무는 뿌리를 더 깊이 내리잖니? 인생도 마찬가지란다. 어려움이 올수록 중심을 잃지 않으려 애쓰는 그 마음가짐이 결국 너를 성장시켜 준단다.

그리고 사람을 **의심하게 되는 순간**, 그 사람에게 큰일을 맡기거나 가까이 두는 것은 조심해야 한다. 신뢰는 유리컵과 같아서 한 번 금이 가면 예전처럼 돌아가기 어렵거든. 반대로 남의 것을 탐하는 마음, 즉 **욕심**은 스스로를 해치는 독과도 같아. 과한 욕심은 판단을 흐리고, 결국 스스로를 궁지에 몰아넣지.

거룩한 유산

또 한 가지 잊지 말아야 할 건, **가까운 사람일수록 더 잘 챙겨야 한다는 사실**이야. 멀리 있는 사람에게 친절을 베푸는 건 쉽지만, 정작 가족이나 오랜 친구 같은 가장 가까운 사람에게는 무심해지는 경우가 많지. 하지만 진짜 마음을 다스릴 줄 아는 사람은 가족, 친구, 늘 곁에 있는 사람부터 챙기고, 그들에게 더 따뜻한 말을 아끼지 않아.

무엇보다 애야, **진심은 결국 통한다**는 것을 꼭 기억했으면 좋겠다. 거짓은 잠시 눈을 속일 수 있지만 오래가지 못해. 사람의 말과 행동에는 결국 마음이 묻어나기 마련이란다. 시간이 지나면 진심은 반드시 드러나고, 그 진심은 관계를 지탱하는 가장 튼튼한 기둥이 돼. 정약용 선생도 **"참된 마음은, 숨겨도 드러난다"**고 했지. 진심은 시간을 견디는 힘을 가진단다.

그리고 마지막으로, 어떤 상황에서도 **양심을 잃지 않는 사람**이 되어야 해. 한 점 부끄러움 없는 양심은 돈이나 명예보다 훨씬 가치 있단다. 세상이 흔들리는 순간에도 너를 끝까지 지켜 주는 건 명예나 실력이 아니라 바로 **네 양심**이야. 양심을 지킨다는 건 당장의 이익이 아니라 더 큰 가치를 향해 나아가는 선택을 한다는 뜻이지. 그래서 양심은 인생의 나침반이 되어 너를 바른 길로 인도해 줄 거야.

마음을 잘 다스린다는 건 곧 **인생을 잘 다스리는 일**이라는 걸 잊지 않았으면 한다.

핑계 대지 마라

아무리 강해 보이는 사람도, 결국 마음 한켠에서는 똑같이 흔들리고 두려워하며 살아가곤 한단다. 그래서 우리는 종종 우리 삶을 가로막는 이유들을 밖에서 찾으려고 하지.

"시간이 없어서…"

"내 능력이 부족해서…"

"돈이 없으니까…"

"나이가 많아 늦었으니까…"

겉으로 보면 그럴듯해 보이지만, 사실 이런 말들 대부분은 우리가 스스로 만들어 낸 **핑계**인 경우가 많아. 멀리서 보면 거대한 벽처럼 보이지만, 가까이 다가가 보면 우리가 하나씩 쌓아 올린 작은 돌덩이일 뿐이지. 그 돌덩이들을 치우려는 마음만 먹으면 얼마든지 움직일 수 있는데, 우리는 그 자리에서 그 벽을 바라보며 스스로를 가둬 버리곤 해.

미국의 철강왕 앤드루 카네기가 젊었을 때 했던 말이 있어. "나는 신발이 없다고 세상을 원망하며 살았다." 그런데 어느 날, 그는 길에서 **발이 없는 사람**을 보게 되었지. 그 순간 그는 깊이 깨달았대. "나는 없는 것만 보며 한탄했지만, 사실은 감사해야 할 것이 훨씬 많았구나." 그날 이후 그는 다시는 핑계로 자신을 묶지 않겠다고 결심했고, 이렇게 말했어. "내게 발이 있는 한, 나는

거룩한 유산

걸어갈 이유가 충분하다."

애야, 너도 그래. 남들과 비교하면 늘 부족해 보이지만, 비교를 내려놓고 너 자신을 들여다보면 이미 가지고 있는 것들이 정말 많다.

- 무엇이든 **시작할 수 있는 몸**,
- 언제든 **배우고 채울 수 있는 마음**,
- 새로운 길을 선택할 수 있는 **의지와 자유**,
- 그리고 계속 앞으로 가고 싶은 **열정**까지.

사람들은 완벽한 조건이 갖춰졌을 때 움직여야 한다고 생각하지만, 인생은 아이러니하게도 **부족함 속에서의 한 걸음**이 가장 큰 변화를 만든단다. 어떤 성공한 사람도 완벽한 상태로 시작한 적은 없어. 조건이 아니라 **용기**가 그들을 앞으로 밀어준 거야.

그러니 이제, 너 자신을 붙잡고 있는 핑계들이 있다면 내려놓아 보자. 바쁘면 10분이라도 떼어 내면 되고, 돈이 없으면 지금 할 수 있는 가장 작은 시도부터 하면 돼. 능력이 부족하다고 느껴지면 배워 나가면 되고, 용기가 모자라면 아주 작은 한 번의 '시도'로 용기를 키우면 되지.

애야, 꼭 기억하렴. 핑계는 너를 멈추게 하지만, **결심은 너를 움직이고, 작은 실천은 너를 변화시킨다**는 걸.

생각이 많으면

오늘도 너를 떠올리며 이렇게 편지를 쓴다. 살다 보면 사람들은 흔히 "생각이 많을수록 지혜로워진다"고 말하곤 하지. 너도 분명 그런 말을 들어 봤을 거야. 물론 생각은 필요해. 아무 생각 없이 사는 삶이 지혜로울 리는 없지. 하지만 살아 보니, 생각이 많다는 것과 지혜롭다는 건 꼭 같은 말은 아니더라. 오히려 지나치게 많은 생각이 사람의 발목을 붙잡고, 해야 할 일의 리듬을 흐트러뜨리는 경우를 더 자주 보게 되었단다.

생각이 많아지면 가장 먼저 찾아오는 건 망설임이야. 결정을 내려야 할 순간에 한 번 더, 또 한 번 더 머뭇거리게 되지. 그러다 보면 타이밍을 놓치고, 이미 지나가 버린 기회를 뒤늦게 붙잡으려 애쓰게 되기도 해. 마치 강을 건너야 하는데 물의 깊이만 계속 재다가 해가 져 버리는 것처럼 말이야. 머릿속에서는 온갖 경우의 수를 다 계산했을지 몰라도, 정작 한 발도 앞으로 나아가지 못한 셈이지.

또 생각이 많아지면 단순한 길을 두고 괜히 돌아가는 길을 택하게 된다. 정면으로 가면 금방 끝날 일을, 혹시 부딪히면 어떡하나, 실패하면 어떡하나 하며 이리저리 피해 가다 보니 오히려 더 지치고 힘들어지는 거야. 잡념이 많아질수록 마음은 시끄러워지고, 무엇이 정말 중요한지조차 흐릿해져. 그러면 행동은 점점 느려지고, 고민은 깊어진 것 같은데 실제로는 제자리걸음만 하게 되지.

거룩한 유산

이런 상태가 오래 이어지면 생각은 어느새 '고민'을 넘어 '걱정'이 되고, 더 지나치면 '공상'이나 '망상'으로 흘러가기도 한단다. 아직 일어나지도 않은 일을 미리 실패처럼 상상하고, 존재하지도 않는 위험을 스스로 만들어 마음을 괴롭히는 거지. 그러다 보면 할 수 있는 일조차 못 할 것처럼 느껴지고, 자신감은 서서히 무너져 내려. "걱정의 90퍼센트는 실제로 일어나지 않는다"는 말이 있는데도, 그 순간에는 그 걱정이 전부인 것처럼 느껴지기도 하지.

그래서 너에게 꼭 해 주고 싶은 말이 있다. 생각이 많다고 해서 좋은 건 아니란다. 중요한 건 생각의 **양**이 아니라 **방향과 깊이**야. 깊은 생각은 문제를 분명하게 보여 주지만, 과한 생각은 문제를 실제보다 훨씬 크게 만들어 버릴 뿐이야. 공자가 말했지. "생각만 하고 배우지 않으면 위태롭고, 배우기만 하고 생각하지 않으면 위태롭다." 균형이 없으면 어느 쪽이든 삶을 어렵게 만든다는 뜻이란다.

때로는 머릿속을 가득 채우기보다, 일부러 비워 둘 용기도 필요해. 지금 당장 해야 할 일 하나에 집중하고, 아직 오지 않은 미래는 잠시 내려놓는 거야. 오늘 할 수 있는 한 걸음만 충실히 내딛다 보면, 내일의 길은 자연히 열리게 되어 있거든. "내일의 걱정은 내일이 하게 하라"는 말처럼, 지금 이 순간에 최선을 다하는 게 오히려 가장 지혜로운 선택일 때가 많단다.

화나거든

애야, 살다 보면 사람은 수많은 감정의 파도 속을 헤엄치게 된단다. 그중에서도 '화'라는 감정은 유독 우리를 흔들고, 숨기기 어렵게 만들지. 마음속에 잠깐 스친 불씨가 어느새 눈빛과 표정으로 번지고, 말 한마디로 상황을 단번에 바꿔 놓기도 해. 그래서 사람들은 화를 흔히 '나쁜 감정'이라고 단정 짓지만, 사실 화는 우리 인생에서 떼어 낼 수도, 무시할 수도 없는 존재란다. 누구에게나 찾아오고, 누구에게나 영향을 주며, 결국 우리가 어떻게 다루느냐에 따라 전혀 다른 결과를 만들어 내거든.

사람들은 흔히 화를 참으라고 말하지. 참으면 시간이 지나 잊힌다고, 참으면 부딪히지 않고 지나갈 수 있다고. 하지만 화는 억지로 참는다고 사라지지 않아. 뚜껑을 열지 않은 압력솥처럼, 참는 시간만큼 곪아 가고 쌓여 결국 더 큰 폭발로 돌아오거든. 그래서 화는 참는 것이 능사가 아니야. 진짜 필요한 건 '다스리는 것'이란다. 다스린다는 건 내 감정을 억누르는 게 아니라, 그 감정이 어디에서 비롯됐는지, 무엇을 말하려 하는지 알아차리고 적절히 다루는 거야.

화의 힘을 생각할 때 내가 자주 떠올리는 비유가 있어. 바로 '망치'란다. 망치는 잘못 내려치면 무엇이든 부수지만, 제대로 쓰면 단단한 기반을 세우고 새로운 구조를 만드는 유용한 도구가 되지. 화도 마찬가지야. 잘못 다루면

거룩한 유산

관계를 깨고 마음을 상하게 하지만, 잘 다스리면 용기가 되고, 변화의 계기가 되며, 이전보다 성숙한 나를 만드는 원동력이 되거든. 문제는 화 자체가 아니라, 그 감정을 어떻게 다루느냐에 있단다.

화가 치밀어 오를 때 가장 먼저 할 일은 의외로 소박해. 물 한 컵을 천천히 마셔 보는 거란다. 물은 불을 잠재우듯, 마음속 불길도 잠시 가라앉히는 힘이 있어. 차가운 물이어도 좋고, 따뜻한 물이어도 좋아. 중요한 건 그 짧은 순간 동안 호흡을 고르고, 감정이 밀려드는 속도를 늦추며, 스스로에게 작은 여유를 주는 거야. 그 멈춤의 순간이 화를 부정적 힘이 아닌, 생산적 에너지로 바꿀 수 있는 공간을 만들어 주지.

철학자 마르쿠스 아우렐리우스도 이렇게 말했단다. **"분노는 순간적인 어리석음이지만, 다스릴 줄 아는 지혜는 평생을 지배한다."** 이 말은 화가 자연스러운 인간의 감정임을 인정하면서도, 그 감정을 지혜롭게 다루는 법을 깨닫는 것이 얼마나 중요한지 보여 주지.

애야, 화가 난다는 건 결코 부끄러운 일이 아니야. 누구나 화를 느끼고, 그 화를 통해 자신을 이해하게 되거든. 다만 그 화를 어디에 향하게 할지, 어떤 흔적을 남길지는 오롯이 너의 선택이란다. 물 한 컵의 여유, 한 호흡의 틈, 한 걸음의 멈춤이 마음속 불길을 고요하게 만들고, 삶을 더 깊고 단단하게 만들어 줄 거야.

정리가 요체다

애야, 살다 보면 자연스럽게 깨닫는 게 또 하나 있어. 바로 '정리'라는 것이 인생을 움직이는 핵심 기술이라는 사실이란다. 정리는 단순히 방이나 책상을 치우는 것만을 말하지 않아. 생각과 말, 감정과 일, 심지어 사람 사이의 관계까지 모든 영역에서 정리는 우리 삶의 질을 결정짓는 중요한 기준이 되지. 결국 정리는 단순한 습관이 아니라, 살아가는 방식이자 인생을 효율적으로 다루는 지혜라고 할 수 있어.

말을 할 때의 정리는 사람과 사람 사이의 관계를 지키는 품격과 연결돼. 우리는 말이 많으면 진심이 잘 전달된다고 생각하지만, 실제로는 그렇지 않은 경우가 많단다. 핵심이 빠진 말은 듣는 사람을 피곤하게 하고, 불필요한 말은 오해와 갈등을 만들지. 그래서 **말을 할 때는 '요점 정리'**가 가장 중요해. 그래서 마크 트웨인은 이렇게 말했지. **"간결함은 모든 위대한 문장의 영혼이다."** 말의 정리에도 같은 원리가 적용되는 거야.

일을 처리할 때도 정리는 능력을 보여 주는 중요한 기준이란다. 우리 삶에는 할 일이 많고, 우선순위는 계속 바뀌며, 중요한 일과 사소한 일이 뒤섞이지. 이럴 때 필요한 건 경중과 순서를 가려 낼 줄 아는 눈이야. 중요한 일을 뒤로 미루고 사소한 일에 에너지를 쓰면 결국 지치고 흐트러지지. 반대로 일의 구조를 파악하고 흐름을 정리할 줄 아는 사람은 복잡한 상황에서도 침착함을 유지해. 불필요한 일에 힘을 쓰지 않는 것, 그것이 일의 완성도를 높이고 성과를 만들어 내는 핵심이란다. 일종의 '정리력'이 곧 '일 처리 능력'이 되는 셈이지.

몸과 삶을 단속하는 데 필요한 정리도 있어. 여기서 말하는 정리는 단순히 주변을 깨끗하게 유지하는 것만이 아니야. 태도와 처신까지 포함되는 넓은 의미란다. 누군가에게 약점을 잡히지 않도록 적당한 거리를 유지하고, 가까운 사람들과는 작은 오해가 크게 번지지 않도록 마음을 살피는 것, 이런 일들도 모두 '삶의 정리' 속에 들어가. 미국 작가 윌리엄 폴 영은 "정리는 외부 세계뿐 아니라 내면의 평화를 만든다"라고 말했단다.

돌이켜 보면 인간관계에서 생기는 갈등도, 일이 늦어지는 것도, 마음이 혼란스러운 것도 대부분 '정리가 부족해서' 생긴 문제라는 생각이다. 말이 정리되지 않으면 오해를 낳고, 일이 정리되지 않으면 기회를 놓치며, 마음이 정리되지 않으면 삶이 흔들려. 정리는 결코 귀찮은 일이 아니야. 오히려 우리에게 시간을 벌어 주고, 에너지를 아껴 주며, 삶의 방향을 분명하게 만들어 주는 가장 실용적인 지혜란다.

그러니 애야, 결국 정리가 요체야. 말도 정리하고, 일도 정리하고, 삶도 정리하는 것, 그것이 우리를 더 깊고 단단하게 만들어 준단다. 정리는 흩어지고 무질서한 삶을 붙잡아 다시 본래의 리듬을 찾아 주는 힘이야.

나를 이기라

살다 보면 우리는 정말 끝없이 선택의 갈림길에 서게 된다. 겉으로 보면 사소해 보이는 결정들 — 참을지 말지, 먹을지 남길지, 맞설지 피할지, 일어날지 조금 더 누워 있을지, 지금 할지 내일로 미룰지 — 이런 선택들이 사실은 너의 하루를 만들고, 그 하루들이 쌓여 인생의 방향을 정한다. 그 질문들은 세상이 억지로 들이미는 것이 아니라, 늘 네 마음속에서 조용히, 때로는 격렬하게 울려 퍼지는 소리란다.

사람들은 흔히 상황이나 환경을 탓하지만, 진짜 갈등은 언제나 우리 안에서 시작된다. 욕망은 지금 당장의 달콤함을 속삭이고, 두려움은 실패를 들먹이며 발걸음을 붙잡지. 편안함은 쉬운 길로 이끌고, 책임감은 어려운 길을 가자고 손을 내민다. 그래서 마음속에서는 늘 작은 전쟁이 벌어진다. 그 싸움이 힘들고 고된 이유는, 맞서 싸워야 할 상대가 바로 '나 자신'이기 때문이야.

고대 그리스 철학자 소크라테스는 "자기 자신을 이기는 것이 모든 승리 중 가장 위대한 승리다"라고 말했지. 나를 이긴다는 건 결코 쉬운 일이 아니다. 순간의 감정에 휘둘리지 않고, 욕심을 다스리며, 스스로 세운 기준과 약속을 지켜내는 일은 어른이 되어서도 평생 연습해야 하는 숙제다. 하지만 바로 그 과정이 사람을 단단하게 만든다. 자기 안에서 중심을 잡은 사람은 세상의 바람이 아무리 거세도 쉽게 흔들리지 않는단다.

거룩한 유산

나를 이기기 위해 꼭 무조건 참기만 해야 하는 건 아니야. 때로는 한발 물러서서 생각해 보는 지혜가 필요하고, 넘어져도 다시 일어설 수 있는 인내가 필요하지. 어떤 날은 쉬운 길을 내려놓고 어려운 길을 택해야 하고, 어떤 순간에는 당장의 즐거움보다 더 큰 가치를 선택해야 할 때도 있다. 운동선수가 매일 같은 훈련을 반복하며 기록을 조금씩 끌어올리듯, 사람도 자기 자신과의 싸움을 통해 조금씩 성장하는 거야.

실패했다고 해서 네가 약한 건 아니다. 실패는 네 한계를 알려 주는 신호이고, 동시에 그 한계를 넘어설 수 있다는 가능성의 증거이기도 하다. 헤밍웨이는 "인간은 파괴될 수는 있어도 패배하지는 않는다"고 했지. 나를 이기려는 시도 그 자체가 이미 패배가 아니라는 뜻이란다.

그러니 오늘도 네 안에서 들려오는 질문들을 피하지 말고 마주해 보렴. 흔들리는 건 당연하다. 중요한 건 흔들림 속에서도 네가 어떤 선택을 하느냐다. 참을 것인지, 포기할 것인지, 용기를 낼 것인지, 잠시 쉬어 갈 것인지 — 그 모든 선택의 순간들이 모여 지금의 너를 만들고, 앞으로의 너를 결정한다.

나를 이기는 일, 그것이 바로 진짜 삶의 출발점이다. 네 안을 지켜 낼 줄 알고, 동시에 네 한계를 조금씩 넘어설 줄 알 때, 너는 세상을 향해 한 걸음 더 당당하게 나아갈 수 있을 거야.

젊게 늙고 싶거든

요즘 '저속 노화'라는 말이 널리 퍼지고 있다. 사람이 나이를 먹어도 젊게 늙고 싶다면, 무엇보다 먼저 **마음의 짐을 내려놓는 일**부터 시작해야 한단다. 괜한 의심과 끝없는 걱정, 채워도 채워지지 않는 욕심은 마음을 먼저 지치게 하고, 그 피로는 결국 얼굴과 몸에 그대로 남는다. 그래서 어떤 이는 "사람은 나이만큼 늙는 게 아니라, 걱정만큼 늙는다"고 말했지. 마음이 무거우면 몸도 함께 무거워지는 법이란다. 동심이란 단순히 어린 시절의 감정이 아니라, 세상을 가볍고 새롭게 바라보게 하는 힘이고, 나이를 잊게 하는 가장 확실한 비결이야.

그리고 애야, **고집과 아집, 지나친 집착**은 젊음을 가장 빨리 갉아먹는 습관이란다. 자기 생각만 옳다고 믿고 사소한 일에 마음을 붙들리면, 얼굴에는 어느새 굳은 표정이 자리 잡게 되지. 반대로 마음이 유연한 사람은 나이가 들어도 표정이 밝고, 말투에도 여유가 묻어난다. 노자의 말처럼 "부드러운 것이 단단한 것을 이긴다"는 건 삶에서도 그대로 통하는 진리야. 젊게 늙고 싶다면, 생각부터 부드러워져야 한단다.

또 하나 꼭 기억해야 할 건, **네가 머무는 집을 소중히 여기는 마음**이야. 집은 단순히 잠을 자는 공간이 아니라, 마음이 쉬고 숨을 고르는 곳이다. 집이 어지럽고 불편하면 마음도 함께 흐트러지고, 반대로 집이 따뜻하고 정돈되

거룩한 유산

어 있으면 사람의 표정과 태도도 자연스럽게 부드러워진다. 어떤 철학자는 "집은 몸이 쉬는 곳이 아니라, 마음이 돌아오는 자리"라고 했단다. 편안한 집은 마음을 젊게 하고, 그 평온함이 하루하루를 건강하게 이어 주는 힘이 된다.

생활 습관 역시 젊음을 지키는 중요한 열쇠다. 밥과 술, 그리고 말의 양을 조금씩 줄이는 연습을 해 보렴. 과식과 과음은 몸을 빠르게 지치게 하고, 말이 많아질수록 불평과 비교도 함께 늘어나기 쉽다. 대신 몸을 자주 움직이고, 규칙적인 생활을 유지해라. 몸이 움직이면 피가 돌고, 피가 돌면 마음도 살아난다. 그래서 예부터 "사람은 움직이는 만큼 젊다"고 했지.

젊게 늙는다는 건 결코 외모 관리만 잘한다는 뜻이 아니다. 마음과 생각, 생활과 몸이 조화를 이루며 삶에 대한 호기심과 긍정을 잃지 않는 상태를 말하는 거야. 새로운 것을 배우려는 마음, 사소한 일에도 감사할 줄 아는 태도, 사람을 향해 웃을 수 있는 여유가 있는 사람은 나이가 들어도 자연스럽게 생기가 흐른단다.

그러니 애야, 네가 정말로 젊게 늙고 싶다면, 마음을 가볍게 비우고 순수함을 잃지 마라. 불필요한 고집과 집착은 내려놓고, 네 집과 가족을 소중히 여기며, 몸과 생활을 부지런히 돌보렴. 그러면 세월은 흘러도 삶의 색은 쉽게 바래지 않을 거야. 결국 젊음이란 시간의 문제가 아니라, 삶을 대하는 태도의 문제란다.

결국은 마음 다스리기

자주 써야 하는 말

◆

사람이 살아가면서 가장 많이 쓰는 것은 결국 **말**이란다. 말은 눈에 보이지 않지만 마음을 움직이고, 관계를 이어 주며, 때로는 오래된 상처를 조용히 꿰매 주는 힘을 가지고 있지. 그래서 옛사람들은 "말 한마디에 천 냥 빚을 갚는다"고 했고, 성경에도 "혀에는 생명과 죽음의 권세가 있다"는 말이 나올 정도야. 그만큼 말은 가볍게 흘려보낼 것이 아니라, 마음을 담아 써야 할 도구란다.

첫 번째로 꼭 기억했으면 하는 말은 **"미안해"**야. 이 말은 자존심을 낮추는 말이 아니라, 관계를 높이는 말이란다. 누군가에게 상처를 주었을 때 먼저 사과할 수 있는 사람은 이미 절반은 '어른'이 된 거야. 잘못을 인정할 줄 아는 용기가 결국 관계를 지켜 준단다.

두 번째는 **"넌 최고야", "너 정말 잘하고 있어"** 같은 말이야. 사람은 누구나 누군가의 인정을 먹고 자란다. 어린아이가 칭찬 한마디에 활짝 웃듯, 어른도 마찬가지란다. 작은 성취라도 진심으로 인정해 주는 말은 그 사람의 하루를 바꾸고, 때로는 인생의 방향까지 바꿔 놓는다.

세 번째는 **"넌 할 수 있어"**라는 말이란다. 실패 앞에서 사람은 스스로를 가장 먼저 의심하게 되지. 그때 누군가의 이 한마디는 버팀목이 되어 준다. 실제로 많은 사람들이 인생의 고비에서 이 말을 붙잡고 다시 일어났다고 하

거룩한 유산

더라. 누군가가 나를 믿어 준다는 사실은 생각보다 훨씬 큰 힘이 된다.

네 번째는 **"기도할게"**라는 말이야. 종교를 떠나서, 이 말에는 깊은 배려가 담겨 있단다. 직접 해결해 줄 수는 없어도, 마음만은 함께하겠다는 약속이거든. 힘든 시기에 이 말을 들으면, 혼자가 아니라는 느낌에 눈물이 나는 사람도 많아.

다섯 번째는 **"괜찮아, 잘 될 거야"**라는 말이란다. 인생은 늘 계획대로 흘러가지 않기에, 누구나 불안과 두려움 앞에 서게 된다. 그럴 때 이 말은 어둠 속에서 건네는 손과 같아. 당장 모든 문제가 해결되지는 않아도, 다시 숨을 고를 수 있는 여유를 주지.

그리고 마지막으로, 가장 아끼고 자주 써야 할 말은 **"사랑해"**야. 사랑은 마음에만 담아 두면 전해지지 않는다. 말로 표현할 때 비로소 온전히 전달되지. 부모에게, 가족에게, 가까운 사람에게 이 말을 아끼지 마라. 언젠가 말하지 못한 "사랑해"를 후회로 남기는 것만큼 아픈 일도 없단다.

애야, 말은 사람을 살리기도 하고, 때로는 무너뜨리기도 한다. 그러니 너의 말이 누군가의 하루를 따뜻하게 덮어 주는 이불이 되기를 바란다. 마음에 있는 좋은 생각은 꼭 말로 꺼내라. 그 말들이 모여 너를 더 따뜻한 사람으로 만들고, 너와 함께하는 세상을 조금 더 밝게 만들어 줄 거야.

즐기는 자가 이긴다

꽃구경 가자

애야, 봄이 왔다. 파릇파릇한 기운이 온 땅에 가득하구나. 겨울 내내 얼어붙어 있던 땅도 다시 숨을 쉬고, 나무와 꽃들도 기다렸다는 듯이 하나둘씩 얼굴을 내밀기 시작했다. 산에도 들에도 곳곳에서 꽃이 피어나 마치 온 세상이 꽃대궐처럼 찬란하게 빛나고 있다. 노랑, 분홍, 하양, 빨강… 색색의 꽃들이 마치 봄이 우리에게 **"지금 이 순간을 누려라"** 하고 속삭이듯 손짓하는 것 같다.

그런데 말이다, 이렇게 아름다운 풍경을 정작 제대로 바라보지 못할 때가 많아. 바쁘다는 이유로, 시간이 없다는 핑계로, 피어나는 꽃들을 스쳐 지나가 버릴 때가 있지. 그런데 꽃이라는 건 오래 기다려 주지 않아. 피었다가 금세 지는 것이 꽃의 운명이라 그 짧은 순간이 더 소중한 법이란다. 일본의 사무라이 미야모토 무사시는 **"순간을 붙잡지 못하면 영원히 잃게 된다"**고 했지. 봄꽃이 스치듯 지나가는 것도 바로 그런 이치야. 그래서 꽃이 다 져 버린 뒤엔 괜히 마음이 허전하고, '조금 더 볼 걸', '한 번 더 나갈걸' 하는 아쉬움이 남는 거지.

그러니 이번 봄은 조금 다르게 맞이해 보면 어떨까. 꽃이 질 때 마음이 서러운 것처럼, 그 아름다움이 사라지기 전에 단 한 번이라도 제대로 바라보고 향기를 맡아보는 거야. 멀리 갈 것도 없어. 집 근처 산책길도 좋고, 조금 더 걷고 싶다면 들판이나 산도 괜찮지. 예전에 어떤 노부부가 매년 같은 벚나무 아래에서 사진을 찍었다고 해. 젊었을 때는 그냥 기념 삼아 찍던 사진이었는

거룩한 유산

데, 나중엔 그 나무가 봄을 맞이하는 그들의 가장 소중한 '보물'이 되었지. 봄을 바라보는 마음 하나가 일상을 이렇게 특별하게 만들어 준 거야.

햇살이 좋은 날이면 봄빛은 더 고와 보이고, 따뜻한 공기 속에서 꽃들은 더 활짝 웃는다. 바람이 심술을 부리는 날이라도 괜찮아. 흔들리는 꽃잎 사이에서 또 다른 봄의 얼굴을 볼 수 있으니까. 바람결에 날리는 꽃잎들, 그 사이로 스며드는 햇살, 그리고 겨울 동안 우리가 잊고 지냈던 자연의 숨결까지… 이런 것들이 사람 마음을 참 따뜻하게 어루만져 준단다. 시인 워즈워스는 **"자연은 준비된 마음에게만 속삭인다"**고 했지. 잠깐의 멈춤이 그런 속삭임을 들을 귀를 만들어 주는 거야.

그리고 애야, 봄은 길지 않아. 우리가 한참 기다려도 금방 지나가 버리고, 매년 돌아오긴 해도 같은 봄은 단 한 번도 없다. 그러니 지금 이 순간, 꽃이 세상을 물들이고 있는 바로 이때가 가장 귀한 때란다.

햇살 좋은 날도 좋고, 바람이 부는 날도 괜찮다. 어떤 날이어도 봄은 널 기다리고 있으니까. 마음이 이끄는 대로 꽃구경 한번 다녀와라. 이번 봄은 그렇게, 조금 더 가까이에서, 조금 더 깊이 누리며 맞이하면 참 좋겠다.

솔비투르 암블란도(Solvitur Ambulando)

애야, 요즘 마음이 좀 무겁니? 혹시 해결할 길이 보이지 않는 문제가 생겼거나, 예상치 못한 고민이 갑자기 찾아와 머릿속을 복잡하게 만들고 있니? 별것 아닌 생각이 끝없이 이어지며 괜히 불안해지고, 잡념이 마음 구석구석까지 번져 버릴 때도 있지. 혹은 열심히 노력하는데도 살이 잘 빠지지 않아 답답하다든지, 건강을 회복하고 싶은데 몸이 마음처럼 따라 주지 않아 걱정되는 날도 있을 거야. 어쩌면 아주 가끔은, 특별한 이유 없이 '좋은 일 하나쯤은 생기면 좋겠다' 하고 조용히 바라고 있는지도 모르겠다.

그 어떤 상황이든, 그런 순간마다 하나만 기억해도 좋겠다. 상황이 복잡해질수록, 마음이 어지러울수록, 생각이 길어질수록… 스스로에게 이렇게 말해 보는 거야.
"솔비투르 암블란도(Solvitur Ambulando). 걸으면 해결된다."

이 라틴어 문장은 예전에 철학자 디오게네스가 복잡한 논쟁에 지친 제자들에게 남겼다고 전해지지. "이론으로 풀리지 않으면 걸어라"라는 뜻이야. 수많은 사람들이 마치 하나의 지혜처럼 되뇌어 온 말이기도 해. 풀리지 않을 것 같던 문제도, 어디로 가야 할지 몰라 멈춰 버린 마음도, '걷기'라는 아주 단순한 행동을 시작하는 순간부터 조금씩 틈이 생기고 길이 난다는 뜻이지.

거룩한 유산

그러니 너무 망설이지 말고 조용히 밖으로 걸어나가 보렴. 크게 마음먹을 필요도 없다. 현관문만 열고 한 발짝 내딛면 된단다. 목적지를 정하지 않아도 괜찮고, 운동이 되게 걸어야 한다는 압박도 필요 없어. 그저 네 발걸음이 원하는 속도대로 가볍게, 천천히 걷는 거야. 그러다 보면 너도 어느 순간 알게 될 거야. **걷는 동안 가장 좋은 생각이 피어오른다는 걸.**

실제로 철학자 키에르케고르는 "걷기야말로 최고의 사유 방식"이라고 했어. 그가 남긴 편지들에 보면, 고민이 깊어질 때마다 거리를 끝없이 걸었다고 하지. 많은 작가와 사상가들도 마찬가지였단다. 베토벤은 산길을 걸으며 멜로디를 떠올렸고, 토마스 만은 매일 정해진 시간에 걸으며 글의 구조를 정리했다고 하니 말이야.

애야, 삶이 유난히 무겁게 느껴지는 날, 아무리 집중해도 머릿속이 정리되지 않는 날, 마음이 텅 비거나 반대로 꽉 막힌 것만 같은 날… 그럴 때는 해결책을 억지로 찾으려 애쓰기보다 먼저 걸어 보렴. 걷기만으로도 마음이 조금씩 정돈되고, 생각이 가벼워지고, 숨이 훨씬 편안해지는 순간이 찾아올 거야.

그저 천천히 걸어 주기만 해도, 사실은 문제의 절반을 이미 해결한 셈이란다. 그리고 어느 순간 너도 알게 될 거야.
   걸으면 해결된다는 사실을.

행복해지고 싶다면

애야, 행복해지고 싶다면 무엇보다 **시간을 어떻게 쓰는지 먼저 돌아보는 것**이 중요하단다. 행복은 멀리 있는 것도 아니고, 특별한 조건을 갖춰야만 오는 것도 아니야. 결국 우리가 매일 어떤 순간을 보내며 살아가느냐에 달린 거지. 마크 트웨인은 "좋은 계획 없이 보내는 시간은 도망간다"라고 말했어. 계획과 의도를 가진 시간만이 우리를 성장하게 해 주거든.

먼저 **생각하는 시간**을 가져라. 잠깐이라도 멈춰서 자신을 돌아보고, 앞으로 어디로 가야 할지, 어떤 사람이 되고 싶은지를 곱씹는 시간 말이야. 깊이 생각하는 습관은 너에게 힘이 되고, 삶의 방향을 잡아 주는 **나침반**이 되어 준다. 실제로 많은 위인들이 하루 중 조용히 사색하는 시간을 소중히 여겼어. 아인슈타인도 산책하며 문제를 떠올리고 해답을 찾았지.

그리고 **노는 시간**도 꼭 필요하다. 놀이는 시간 낭비가 아니야. 몸과 마음을 다시 채워 주는 중요한 에너지야. 친구들과 웃고 떠드는 시간, 좋아하는 취미에 몰입하는 시간, 그런 순간들이 너를 더 밝고 가볍게 만들어 준다. 레베카 솔닛도 "걷고 즐기는 시간 속에서 몸과 마음이 하나로 맞춰진다"라고 했지.

또 하나, **책 읽는 시간**을 잊지 마라. 책은 단순히 지식을 채우는 것이 아니라, 너의 생각을 넓히고 세상을 보는 눈을 깊게 만들어 준다. 다른 사람

거룩한 유산

의 삶과 경험을 간접적으로 경험하면서 마음도 단단해지지. 셰익스피어는 "책 속에는 경험하지 못한 세상과의 대화가 있다"고 했어.

그리고 **우정을 나누는 시간**도 가져라. 친구와 진심을 나누고 서로를 응원하는 순간은 삶에 향기를 더해 준다. 사람은 혼자 살 수 없으니까, 관계 속에서 따뜻함을 느끼며 살아가는 게 참 중요하단다. 우리가 함께한 작은 순간들, 웃고 떠들었던 시간들이 나중엔 큰 힘이 되는 것처럼 말이야.

사랑하는 사람과 함께하는 시간도 빼놓을 수 없지. 가족, 친구, 연인 누구든, 마음을 주고받는 순간은 삶의 기쁨을 배로 만들어 준다. 사랑은 마음을 튼튼하게 만드는 가장 큰 힘이야.

그리고 무엇보다 중요한 건 **나누는 시간**이야. 가진 것을 나누든, 마음을 나누든, 누군가에게 따뜻함을 건네는 시간은 결국 너의 삶을 풍요롭게 만들어. 남에게 주는 것 같지만 사실은 자신에게 가장 큰 선물을 주는 거지. 안네 프랑크도 "누군가를 행복하게 하는 사람은 자신도 행복하다"라고 말했어.

행복은 먼 데 있지 않다. 생각하고, 놀고, 읽고, 나누고, 사랑하고, 함께하는 시간… 이런 순간들이 모여 너의 인생을 **진짜 행복하게 만들어 줄 거야.**

고수(高手)가 되려면

───── ◆ ─────

고수가 되고 싶다면 가장 먼저 해야 할 게 있어. 바로 **나는 무엇을 하고 싶은지, 무엇을 정말 좋아하는지** 스스로 분명히 아는 거야. 오래전 한 장인이 "사람이 평생 붙잡을 일은 머리가 아닌 가슴이 결정한다"고 했단다. 무엇을 선택하든, 결국 오래 가는 힘은 '좋아하는 마음'에서 나오기 때문이야.

예를 들어 축구를 좋아하고 또 잘하기까지 한다면 자연스럽게 축구선수라는 길이 눈앞에 열릴 거야. 실제로 어떤 유명 선수도 "나는 공을 차고 싶은 마음 하나로 여기까지 왔다"고 말했지. 그런데 축구를 누구보다 좋아하지만 기술이 조금 부족하다면? 그 열정과 관심을 살려 해설자나 평론가로 멋지게 성장한 사람들도 있단다. 반대로 축구를 잘하긴 하는데 마음 깊이에서는 별로 좋아하지 않는다면, 결국 그냥 시청자나 관중으로만 남게 되기 쉬워. 능력은 잡았지만 마음을 놓친 거니까.

이처럼 **잘하는 것과 좋아하는 것은 비슷해 보여도 완전히 다른 문제**야. 잘하는 건 경험, 기술, 반복된 연습에서 만들어지는 능력이고, 좋아하는 건 마음에서 시작되는 에너지야. 좋아하는 마음은 끈기와 집중력, 그리고 무엇보다 '끝까지 해 보려는 힘'을 주지. 그래서 잘하지만 좋아하지 않는 사람도 있고, 좋아하지만 아직은 서툰 사람도 있는 거야.

거룩한 유산

부모로서 꼭 말해 주고 싶은 건 이것이다. **좋아하는 마음은 결국 기술과 노력을 불러오고, 그게 고수가 되는 길을 연다**는 사실이야. 일본의 한 도예가는 제자에게 늘 이렇게 말했다고 해. "기술은 손이 가르치지만, 지속은 마음이 결정한다." 잘하고 좋아하는 사람은 당연히 고수라 불릴 만하지. 능력과 열정이 함께 있으니 흔들릴 이유가 없으니까. 잘하지 못하지만 진심으로 좋아하는 사람은 중수쯤 되지만, 마음이 있는 사람은 결국 실력이 따라오게 되어 있어. 반대로 잘하지만 좋아하지 않는 사람은… 결국 한계에 부딪힐 수밖에 없어. 노력은 있어도 즐거움이 없으면 오래 버티기 어렵거든.

그렇다면 고수가 되기 위해 가장 중요한 건 뭘까? 바로 **좋아하는 마음**이야. 잘하는 것은 시간과 노력을 들이면 키울 수 있지만, 좋아하지 않으면 그 시간을 견디기 어렵지. 반대로 좋아하는 마음이 있으면 넘어져도 다시 일어나고, 실패해도 다시 도전하고, 반복되는 연습 속에서도 작은 즐거움을 발견하게 돼. 마이클 조던도 "나는 농구를 사랑했기에 실패를 견딜 수 있었다"고 했잖니. 사랑이 있는 사람은 실패 속에서도 계속 걷는다.

고수는 단순히 잘하기만 하는 사람이 아니야. **잘함과 좋아함이 함께해서 흔들리지 않고 꾸준히 성장하는 사람**, 그 사람이 진짜 고수야. 그러니 잘하려고만 애쓰지 말고 먼저 좋아해라. 네 마음에서 자연스럽게 올라오는 즐거움과 열정이 너를 고수의 길로 이끌어 줄 거야.

즐기는 자가 이긴다

휴식

애야, 쉬는 건 게으름이 아니라 삶의 흐름을 유지하기 위한 자연스러운 지혜란다. 오히려 더 크게 성장하기 위해 꼭 필요한 과정이지. 자연을 보면 이 사실을 금방 이해할 수 있어. 예를 들어 나무가 왜 해거리를 하는지 생각해 보렴. 나무는 해마다 열매를 맺지만, 모든 열매를 끝까지 붙잡지 않아. 일부 열매는 과감히 떨어뜨리면서 스스로의 에너지를 아끼고, 다음 해의 결실을 준비하지. 한 식물학자는 "나무는 **열매를 포기하는 것이 아니라, 다음 계절을 위해 숨을 고르는 것**"이라고 말했어.

대나무도 마찬가지야. 겉보기엔 곧고 단단하게 뻗어 있지만, 중간중간 선명한 마디가 있지. 이 마디가 대나무를 지탱해 주고 균형을 잡아 주는 역할을 해. 마디가 있어야 대나무는 강한 바람에도 꺾이지 않고 더 높이 자랄 수 있어. 일본의 한 정원사는 "**대나무는 멈춤의 순간을 통해 위로 자란다**"고 표현했대. 만약 마디 없이 쭉 이어진 줄기라면, 아무리 튼튼해 보여도 바람 한 번에 부러지고 말 거야. 사람도 이렇단다. 계속 달리기만 하고 일만 하면 언젠가는 지쳐 쓰러지기 쉬워. 중간에 잠시 멈춰서 자신을 돌아보는 시간, 마음과 몸을 쉬게 하는 시간이 있어야 멀리 갈 수 있어.

바쁠수록 우리는 쉬는 걸 뒤로 미루기 쉽지. 해야 할 일이 많을수록 쉬는 게 괜히 죄책감처럼 느껴지기도 하고. 하지만 바쁘다고 휴식을 미루다 보면

거룩한 유산

어느 순간 마음도 몸도 에너지가 바닥나고, 아무것도 손에 잡히지 않는 상태가 오고 말아. 한 심리학 연구에서도, 규칙적으로 쉬는 사람일수록 성과가 더 높고 창의력도 더 풍부하다는 결과가 있었어. 책을 읽거나, 자연 속을 천천히 걸어보거나, 아무 생각 없이 하늘을 바라보는 것도 다 훌륭한 휴식이란다.

결국 휴식은 삶에서 없어서는 안 될 중요한 요소야. 나무가 해거리를 통해 다음 계절을 준비하듯, 대나무가 마디를 통해 꺾이지 않는 힘을 얻듯이, 사람도 쉼을 통해 더 큰 목표를 향해 갈 힘을 얻는 거란다. 레오나르도 다빈치도 **"휴식은 일의 일부다"**라고 했어. 쉬는 건 게으른 게 아니라 지혜로운 선택이지. 때로는 과감하게 무언가를 내려놓고, 잠시 멈춰 서서 자신을 돌볼 용기가 필요해. 그래야 삶이 균형을 이루고, 네가 쏟는 노력도 더 풍성하게 결실을 맺게 되는 법이야.

애야, 휴식은 결코 낭비가 아니란다. 휴식은 노동의 달콤한 양념이고, 그것은 생명이 다시 살아나고 성장하도록 돕는 자연의 섭리야. 스스로에게 쉴 권리를 허락하는 순간, 마음도 몸도 다시 힘을 얻기 마련이지. 자연 속 나무와 대나무가 그러하듯, 너도 지치지 않고 꾸준히 네 길을 걸어가기 위해 꼭 쉬어야 해. 무리하지 말고, 필요할 땐 잠시 멈추고, 네 자신을 따뜻하게 돌아보렴. 한 걸음의 쉼이 열 걸음으로 나아가는 원동력이 된다는 걸 꼭 잊지 말기를 바란다.

대가(大家)가 되려면

———— ••◆•• ————

    어떤 분야에서 진짜 대가(大家)가 되기 위해서는 단순히 재능이 있거나 잠깐 열심히 했다는 이유만으로는 결코 이룰 수 없단다. 대가는 오랜 세월을 견디고, 연습하고, 스스로를 다듬어 온 사람들이야. 그래서 아빠는 이 과정을 조금 다른 눈으로 바라볼 수 있도록 이야기를 들려주고 싶어.

    먼저, **천 일 동안의 연습**, 우리는 이것을 '단(鍛)'이라고 불러. 단련의 '단'이라는 글자처럼, 이 시기는 마음과 몸의 기초를 단단히 세우는 시간이지. 때로는 지루하게 느껴질 만큼 반복만 이어질 수도 있어. 하지만 이 반복이야말로 너를 처음의 너와 전혀 다른 사람으로 만들어 주는 토대란다. 노벨상을 받은 화학자 폴라스가 "기초는 눈에 띄지 않지만, 무너지면 모든 것이 무너진다"고 말한 것처럼, 기초가 없으면 어떤 성취도 오래 버티지 못해. 천 일의 단련은 마치 씨앗이 땅속에서 조용히 뿌리를 내리는 시간과도 같아.

    하지만 천 일은 아직 시작일 뿐이야. **만 일의 연습**, 이것을 우리는 '련(鍊)'이라고 해. 단순한 반복을 넘어, 자신을 깊이 이해하고, 기술과 생각을 한층 더 정교하게 가다듬는 시간이야. 이때의 노력은 **"수없이 반복된 동작이 어느 순간 예술로 변한다"**는 무도(武道)의 말처럼, 관성이 아니라 경지로 이어지게 돼. 만 일의 연습은 남들과의 차이를 만드는 시간이 아니라, 네가 너 자신을 넘어서는 과정이야. 남들이 보기엔 같은 동작 같지만, 집중력·호흡·깊이

거룩한 유산

가 완전히 달라지는 순간이 오지.

인내도 똑같이 두 단계가 있어. **천 일의 인내**는 나는 '사랑'이라고 표현하고 싶어. 조금 힘들어도 포기하지 않고 다시 해 보며, 진심으로 좋아하는 마음을 잃지 않는 시간이거든. "**사랑한다면 버티게 된다**"는 말처럼, 천 일의 인내는 너를 스스로 지탱하게 만드는 힘이야. 그런데 이 **인내가 **만 일**을 지나면 '정(情)'이 돼. 사랑보다 깊고, 무너짐 없는 마음. 파도가 아무리 세게 쳐 흔들려도 다시 중심을 찾는 바위 같은 마음이지. 수십 년 동안 한길을 걸은 장인들이 "힘들어서 포기하려 할 때마다 다시 돌아오게 한 건 기술이 아니라 마음이었다"고 말하는 것도 바로 이 정 때문이야.

결국 진짜 대가는 **노력·인내·사랑·정**으로 자신을 끊임없이 다듬어 가며, 작은 성취 위에 더 큰 성취를 차곡차곡 쌓아가는 사람이란다. 그 길은 결코 짧지 않고, 쉽지도 않지. 남들이 앞서가는 것처럼 보일 때도 있고, 왜 이 길을 선택했는지 의문을 갖는 순간도 찾아올 거야.

그 길은 아무나 끝까지 걸어갈 수 있는 길이 아니지만, 묵묵히 자신의 속도를 지키며 걸어온 사람에게는 반드시 흔들리지 않는 내공이 남는다. 그리고 나는 믿는다. 너라면 조급해하지 않고, 흔들려도 다시 중심을 잡으며, 끝내 그 길을 자신의 삶으로 완성해 갈 수 있을 거라고.

즐길 때와 일할 때

사람이 살아가는 데는 일하는 시간도 있고, 즐기는 시간도 있단다. 이 두 시간을 어떻게 균형 있게 다루느냐에 따라 하루의 만족도도, 인생의 깊이도 크게 달라지지. 그래서 현자들이 **"즐길 때는 천천히, 일할 때는 빨리하라"**고 말하는 이유가 바로 여기에 있어. 단순한 생활 요령처럼 들리지만, 사실은 오래 살아 본 사람들이 삶의 흐름 속에서 얻은 지혜란다.

즐거움을 느끼는 순간에는 서두를 필요가 없어. 마치 잘 우려 낸 향기 좋은 차를 천천히 음미하듯, **행복은 느긋해야 마음속에 깊게 스며들거든.** 어떤 철학자는 "행복은 서두름을 싫어한다"고 말했지. 여행지의 풍경, 커피 한 잔의 향기, 누군가의 따뜻한 말⋯ 이런 건 빠르게 지나가면 다 놓쳐 버려. 그래서 즐거움은 천천히, 오래 머물수록 네 것이 된다.

반대로 일을 할 때는 가능한 지체하면 안 돼. 빠르게 처리할수록 네 시간을 더 자유롭게 활용할 수 있게 되니까 말이다. 옛 선비들도 **"일에는 날을 잡지 말라"**라고 했단다. 일을 미루면 마음 한쪽에 계속 돌덩이처럼 남아 있어. 반면 빨리 끝내면 마음이 가볍고, 즐거움도 더 크게 누릴 수 있지.

즐길 때는 마음껏 신나게 풀어져도 괜찮아. 기쁨은 억누를수록 작아지고, 나눌수록, 표현할수록 더 커지는 법이야. 하지만 일할 때는 감정 대신 태도가

거룩한 유산

중요해. 한 장인의 말처럼 **"일은 열정으로 시작되지만, 완성은 성실함으로 이뤄진다"**는 걸 기억해야 해. 즐길 때는 자유로운 집시(Gypsy)처럼 마음 가는 대로 놀아도 되지만, 일할 때만큼은 꼼꼼한 집사(執事)처럼 차분하고 정확해야 한다.

즐거움은 혼자 즐겨도 좋아. 영화 한 편, 산책, 음악 듣기… 혼자만의 시간은 오히려 더 깊고 편안하니까. 하지만 일은 다르단다. 함께하면 네가 보지 못한 부분을 남이 채워 주고, 혼자서는 떠올리지 못한 아이디어도 나오고, 효율도 더 좋아져.

그리고 가장 중요한 건, **즐길 때는 절대로 일 생각을 하지 말라**는 거야. 쉬면서 일 걱정을 하면 그건 쉬는 것도 아니고 즐기는 것도 아니지. 반대로 일을 할 때는 "이걸 끝내면 즐거운 시간이 기다리고 있다"라고 스스로에게 말하는 게 큰 도움이 돼.

애야, 결국 삶은 **일과 즐거움의 균형** 속에서 더 건강해지고 더 풍요로워지는 거야. 즐길 때는 천천히, 깊이, 온전히 누리고. 일할 때는 집중해서 단단히 해내고. 그 리듬을 잘 조절할 때, 네 인생은 마치 음악처럼 자연스럽고 부드러운 흐름을 갖게 될 거야.

기억해라 — **잘 노는 사람은 결국 일도 잘하고, 일 잘하는 사람은 결국 인생도 잘 산다.**

한번더

살다 보면 누구나 한 번쯤은 넘어지고, 예상하지 못한 순간에 힘없이 주저앉을 때가 있어. 절대로 너만 그런 게 아니란다. 인생은 우리가 세운 계획대로만 흘러가지 않고, 잘 굴러가던 하루가 어느 날 갑자기 뒤틀려 버리기도 하지. 사람들은 흔히 넘어지는 걸 창피하게 여기고, 일어서려는 마음마저 꺾여 버릴 때가 있지만, 사실 넘어졌다는 건 실패의 증거가 아니라 **이미 네가 걷고 있었다는 증거**란다. 쓰러졌다는 건 멈추지 않고 도전하고 있었고, 살아내려는 마음을 잃지 않았다는 뜻이지.

그래서 정말 중요한 건 넘어짐의 횟수가 아니라, **넘어진 그 자리에서 다시 일어설 수 있느냐** 하는 문제란다. 영국의 정치가 처칠은 **"성공이란 실패에서 실패로 걸어가면서도 열정을 잃지 않는 것이다"**라고 했지. 단 한 번의 일어섬이 인생의 방향을 뒤바꿔 놓기도 해. 처음엔 비틀거릴 수도 있고, 또 넘어질까 봐 두려움이 밀려올 수도 있어. 하지만 작은 발걸음이라도 계속 내딛다 보면, 어느 순간 어제보다 조금 더 성숙해진 너를 발견하게 될 거야.

산을 오르는 사람도 똑같단다. 히말라야 등반가들도 기록을 세운 사람들이어서 정상에 오른 게 아니야. 지쳐서 포기하고 싶은 순간, **'한 발만 더'** 내딛는 선택을 반복한 사람들이 결국 그 자리에 선 거지. 정상에 선 사람들은 특별히 강해서가 아니라, 한 번 더 올라가는 결심을 조금 더 길게 이어 간 것뿐이야.

거룩한 유산

그런데 우리는 왜 다시 일어서는 걸 유난히 두려워할까? 또 넘어질까 봐 불안하고, 다른 사람들의 시선이 신경 쓰이고, 실패가 반복되면 내가 쓸모없는 사람처럼 느껴져 마음이 움츠러들기 때문이야. 하지만 얘야, 작가 파울로 코엘료가 말했지. **"넘어짐은 넘어짐일 뿐이다. 넘어졌다고 해서 길이 끝나는 것은 아니다."**

인생에는 언젠가 정말로 일어설 수 없는 마지막 순간이 와. 그 마지막이 오기 전에 두려움 때문에 멈춰 서 있는 건 얼마나 아쉬운 일이겠니. 아직 숨이 쉬어지고 손에 힘이 남아 있는 동안 우리는 반드시 다시 일어서야 해. 그 한 번의 움직임이 너의 새로운 인생을 열어 줄 수 있으니까.

그러니 얘야, 너무 주저하지 말고 다시 일어나 보자. 세상은 우리가 예상하지 못한 틈을 열어 줄 때가 많고, 꾸준히 걸어가려는 사람에게는 생각지도 못한 기회를 건네주기도 하거든. 농부가 어느 씨앗이 가장 먼저 싹을 틔울지 모르지만, 그렇다고 해서 씨앗 뿌리는 일을 멈추지 않는 것처럼 말이야. 하늘의 구름을 봐도 어느 구름에서 비가 내릴지는 알 수 없지만, 비가 오려면 먼저 구름이 떠 있어야 하듯, 너의 시도 중 하나는 반드시 열매를 맺게 되어 있어.

그러니 얘야, 오늘도 다시 일어서 보자. 그 작은 의지가 내일의 가능성을 열어 줄 것이고, 결국 그 '한 번 더'가 너의 인생을 바꾸는 시작이 될 거야. 너는 생각보다 훨씬 강하고, 다시 일어설 힘을 이미 마음속에 가지고 있으니까.

하루에 한 번

애야, 사람은 하루를 어떻게 보내느냐에 따라 삶의 결이 달라진단다. 바쁘게 하루를 보내다 보면 시간은 그냥 흘러가기만 하지만, 잠시 멈추어 자신을 돌아보고 세상과 조용히 대화하는 순간을 가진다면, 그 하루는 단순히 지나가는 시간이 아니라 마음과 삶을 충전하는 소중한 시간이 돼. 그래서 하루에 한 번쯤은 스스로에게 질문을 던지고, 몸과 마음을 정리하는 시간을 가져 보길 바란다.

하루에 한 번, 고개를 들어 하늘을 올려다보렴. 햇볕이 환하게 내리쬐는 날에는 마음속 응어리가 조금씩 풀리고, 구름이 흐르는 날에는 삶의 속도도 잠시 늦추라는 위로를 준단다. 비가 내리면 마음을 씻어 내는 시간임을, 별이 뜨면 희미한 소망이라도 붙잡으라는 신호임을 알려 주지. 하늘은 말은 없지만, 언제나 우리에게 무언가를 건네고 있어. 미국 시인 헨리 데이비드 소로우는 "하늘을 바라보는 순간, 모든 걱정은 잠시 뒤로 물러난다"라고 말했단다. 다만 우리가 그 말을 듣지 못할 뿐이지.

또 하루에 한 번, 잠시 눈을 감고 생각을 멈춰 보렴. 세상은 끊임없이 우리에게 정보를 쏟아 내고, 마음은 쉴 틈 없이 반응하느라 늘 바쁘지. 하지만 잠시 눈을 감는 순간, 내면의 물결이 잔잔해지고 생각의 소음이 차츰 사라져. 짧은 명상은 사치가 아니라, 살아가기 위해 꼭 필요한 기술이란다. 뜻밖의 해

거룩한 유산

답이 조용한 틈에서 찾아오기도 하고, 명상은 시간을 빼앗는 게 아니라 오히려 시간을 돌려주는 선물과 같단다. 딱 1, 2분이라도 괜찮아.

하루에 한 번은 책을 펼쳐 보렴. 밥을 먹듯 마음도 글을 통해 기운을 얻어야 해. 책 속 이야기는 한 사람의 생각을 넘어 세상의 다양한 관점과 감정을 내 삶으로 흘러들게 하는 통로가 돼. 짧은 한 문장도 생각의 길을 열어 주고, 한 문단은 평소 보지 못한 시각을 선물하며, 한 권의 책은 인생의 방향을 바꾸어 놓기도 한단다. 플라톤은 "책을 읽는다는 것은 과거와 현재의 지혜와 대화하는 것"이라고 했지. 지식의 포만감은 배고픔보다 훨씬 오래가고 강해. 책은 마음의 허기를 채우는 가장 확실한 방법이란다.

마지막으로, 하루에 한 번은 네가 가진 소중한 것들을 세어 보렴. 사람들은 늘 부족한 것, 가지지 못한 것에 마음을 빼앗기지만, 오히려 이미 가진 것을 떠올리는 일이 우리를 더 단단하게 만들어 주기도 하지. 가족의 사랑, 건강한 몸, 나를 기억해 주는 친구, 지나온 시간 속 경험들, 그리고 네가 걸어온 길까지. 이렇게 헤아리는 숫자가 많아질수록 마음은 풍요로워지고, 삶은 더 튼튼해진단다. 철학자 세네카도 말했지. "행복은 가진 것을 세는 사람에게 찾아온다." 진짜 부자는 가진 것을 아는 사람이란다.

이 네 가지를 하루에 한 번만 실천해도 하루의 온도가 달라질 거야. 하늘을 올려다보는 눈길, 잠시의 명상, 한 두 페이지의 독서, 감사의 목록. 이 소소한 실천들이 하루를 채우고, 결국 네 삶 전체를 빛나게 만드는 힘이 돼. 매일 한 번의 작은 습관이 너의 내일을 더 넓고, 더 깊고, 더 따뜻하게 만들어 줄 거야.

심심할 땐

◆

사람은 누구나 가끔 '심심함'이라는 공백을 마주하게 된다. 해야 할 일이 손에 잡히지 않는 날, 바쁘게 움직였는데도 마음은 제자리에 멈춰 있는 것 같은 날, 혹은 아무런 이유 없이 가슴 한켠이 비어 있는 날 말이다. 많은 사람들은 이런 순간을 견디지 못해 억지로 자신을 더 바쁘게 몰아붙이거나, 의미 없이 시간을 흘려보내며 그 공백을 덮어 두려 한다. 하지만 기억해 두렴. 심심함은 결핍이 아니라, 삶이 보내는 은밀한 초대장일지도 모른다. **"침묵 속에서 자신을 만난다"**는 말처럼, 일상의 소음이 잠시 멎을 때 비로소 들리는 마음의 목소리가 있거든.

심심할 때는 서점에 가 보렴. 목적 없이도 서가 사이를 천천히 걷다 보면, 어느 순간 발걸음이 멈추는 곳이 생긴다. 무심코 집어 든 책의 한 문장이 이상하게도 마음을 붙잡을 때가 있지. 그 문장은 지금까지 네가 미처 언어로 표현하지 못한 생각이나, 숨겨 두었던 갈증을 대신 말해 주기도 한다. 서점은 단순히 책이 쌓인 공간이 아니라, 다른 삶과 생각이 겹겹이 숨 쉬는 작은 우주라 할 수 있어.

심심할 때는 시장에도 가 보렴. 시장은 늘 현재진행형의 삶으로 가득하다. 채소와 과일의 선명한 색, 갓 잡아 올린 생선의 힘찬 움직임, 손님과 상인들의 거래 속에는 살아 있다는 감각이 그대로 담겨 있다. 철학자 한나 아

거룩한 유산

렌트는 인간을 '행위하는 존재'라 했는데, 시장은 그 말이 가장 잘 어울리는 장소다.

또한 심심할 때는 어릴 적 일기장도 꺼내 보렴. 바래진 종이 위에 남아 있는 서툰 글씨와 솔직한 고백들은, 지금의 너보다 훨씬 용감(?)했던 한 사람의 흔적이 남아 있다. 사소한 일에도 웃고 울던 마음, 세상이 전부인 것처럼 품었던 꿈들. 그 안에는 아직 다 쓰지 못한 이야기가 담겨 있지. 괴테는 "인간은 과거를 통해서만 자신을 이해한다"고 했지. 과거는 우리를 붙잡는 족쇄가 아니라, 앞으로 나아갈 방향을 비춰 주는 거울이 될 수 있단다.

그리고 심심할 때는 오랫동안 연락하지 못했던 사람에게 전화를 걸어 보렴. 이름을 떠올리고 번호를 누르는 짧은 용기만으로도, 수화기 너머에서는 반가움이 묻어나는 목소리가 돌아올 거야. "인생은 사람으로 완성된다"는 말처럼, 관계는 우리 삶을 가장 따뜻하게 채워 주는 요소다. 작은 전화 한 통이 누군가의 하루를 환하게 밝히고, 그 온기는 다시 너의 마음으로 되돌아온다.

애야, 심심함은 결코 공허함으로 끝나야 할 이유가 없다. 그러니 이따금 심심함이 찾아오거든, 그것을 밀어내지 말고 조용히 맞아들이렴. 그 공백 속에는, 너를 더 깊고 넓은 삶으로 이끄는 길이 숨어 있으니까.

아침 예찬

또 새 아침이 밝았구나. 아침이라는 건 참 신기한 시간이다. 매일 어김없이 찾아오지만, 막상 눈을 뜨는 순간의 공기와 햇살은 늘 조금씩 다르지. 밤의 어둠이 물러가고 빛이 천천히 방 안으로 스며들 때, 우리는 아무 설명 없이도 '다시 시작할 수 있음'을 느끼게 된다. 숨 한 번 깊이 들이마시고, 창밖을 스치는 햇빛을 바라보는 그 짧은 순간에도 삶은 조용한 희망으로 다가오지. 그래서 아침은 늘 소박하지만 귀한 선물이고, 인생이 우리에게 주는 가장 공정한 재출발선이란다.

아침은 마치 세상이 너에게 백지 한 장을 내미는 것과 같아. 어제 무엇을 했든, 어떤 실수를 했든 상관없이 말이야. 그 위에 어떤 색을 칠하고 어떤 이야기를 적어 내려갈지는 오롯이 네 선택에 달려 있지. 시인 릴케가 "**삶은 매 순간 우리에게 질문을 던진다**"고 했듯, 아침은 그 질문이 가장 또렷해지는 시간이다. 오늘은 어떤 마음으로 하루를 살 것인지, 어떤 태도로 사람을 대할 것인지, 그 답을 네가 직접 써 내려갈 수 있는 시간이지.

그러니 애야, 아침이 오면 어서 일어나렴.

'오늘'이라는 선물이 조용히 네 손에 쥐어지는 시간이니까. 어제의 후회나 지난밤의 걱정은 잠시 침대 옆에 내려놓아도 괜찮다. 헤밍웨이는 "**하루를 잘 시작하는 것이 인생을 잘 사는 첫걸음**"이라고 했단다. 아침은 어제를 단죄하지

거룩한 유산

도, 내일을 재촉하지도 않아. 그저 지금 여기서 다시 시작하라고 말해 줄 뿐이야.

아침을 맞이할 때 우리는 살아 있다는 사실을 가장 분명하게 느끼게 된다. 해가 떠오르며 어둠이 걷히듯, 마음속의 불안도 조금씩 물러나지 않니? 그래서 어떤 사람들은 아침에 따뜻한 차 한 잔을 마시고, 어떤 사람들은 짧은 산책을 하며 하루를 연다. 그 작은 루틴들이 하루의 방향을 바꾸고, 결국 삶의 결을 바꾸게 되는 거야. 하루의 시작이 흔들리면 하루 전체가 흔들리고, 아침이 단단하면 마음도 그만큼 단단해진단다.

부모로서 나는 네가 매일 아침을 축복처럼 맞이했으면 좋겠다.
햇살 한 줄기, 맑은 공기, 조용히 깨어나는 세상의 소리 속에서 오늘이라는 하루를 온전히 받아들이길 바란다. "우리는 매일 아침 새사람이 된다"는 말처럼, 아침은 너를 다시 세우고 다시 숨 쉬게 하며 다시 살아가게 하는 시간이다.

애야, 오늘 아침에도 힘차게 일어나라. 과거에 발목 잡히지 말고, 오지 않은 내일을 미리 걱정하지도 말고, 지금 이 순간에 너 자신을 조용히 내려놓아라. 새날은 이미 너를 기다리고 있고, 너라는 주인공이 그 이야기를 써 내려갈 차례니까.

세상의 모든 하루는 기적이다. 그리고 그 기적은 언제나, 아침이라는 이름으로 찾아온단다.

취미에 빠져라! 풍덩

◆◆◆

사람이 가장 빛나는 순간이 언제인지 생각해 본 적 있니? 많은 사람들은 성공했을 때, 박수를 받을 때, 큰 성취를 이루었을 때를 떠올리곤 한단다. 하지만 가만히 들여다보면, 우리가 가장 자기답고 가장 행복해지는 순간은 의외로 아주 소박한 때에 찾아와. 바로 **네가 좋아하는 취미에 깊이 빠져 있을 때**야.

누구의 시선도 신경 쓰지 않고, 잘하고 있는지 못하고 있는지 평가받을 필요도 없이, 오직 '좋아서' 몰입하는 그 순간. 그때의 너는 꾸미지 않은 가장 솔직한 얼굴을 하고 있지. 마치 어린아이가 시간 가는 줄 모르고 놀 때처럼 말이야. 철학자 니체가 말했듯, "인간은 놀이할 때 가장 진지하다"는 말이 꼭 들어맞는 순간이란다.

취미는 단순한 여가나 시간 때우기가 아니야. 지친 일상에서 도망치기 위한 임시 피난처도 아니고 말이지. 취미는 네 마음에 불을 켜는 일이고, 너 자신과 다시 연결되는 통로야. 그림을 그리든, 악기를 만지든, 글을 쓰든, 걷거나 달리든, 그 안에는 성과나 효율이 아니라 **순수한 즐거움**이 있단다. 그 즐거움이 얼굴에 번질 때, 사람은 가장 사람다운 빛을 내는 법이지.

재미는 억지로 만들어지지 않아. 좋아서 손이 먼저 움직이고, 마음이 자연스럽게 끌려갈 때 생겨나는 감정이야. 그래서 취미가 주는 충만함은 조용하지만 깊다. 누가 칭찬하지 않아도, 상을 주지 않아도, 마음속에서는 "지금 이대로 괜찮다"는 안도감이 차오르거든. 그게 바로 진짜 만족이란다.

재미는 언제나 **체험** 속에서 태어나. 책상 앞에서 생각만 할 때가 아니라, 몸을 움직이고 손으로 만지고, 눈과 귀로 세상을 느낄 때 비로소 살아 있다는 감각이 깨어나지. 취미는 그런 감각을 가장 또렷하게 되살려 주는 시간이고, 삶에 색을 입혀 주는 붓과도 같아.

그러니 애야, 오늘 하루만큼은 네가 좋아하는 취미의 우물 속으로 한 번 들어가 보렴. 그 우물은 깊어 보여도 위험하지 않고, 고요하지만 외롭지 않아. 오히려 그곳은 너만의 호흡으로 숨 쉴 수 있는 공간이고, 마음이 자유롭게 헤엄칠 수 있는 세계야. 그 안에 있을 때, 삶의 무게는 잠시 내려지고 너의 얼굴에는 다시 온기가 돌아올 거야.

바쁜 일상 속에서도, 해야 할 일들에 치이는 날들 속에서도, 취미에 빠지는 그 순간만큼은 온전히 네 것이란다. 주저하지 말고, 잠시라도 그 우물 속으로 풍덩 들어가 보렴. 그 작은 선택이 너의 하루를 맑게 하고, 삶을 다시 살아 있게 만드는 가장 확실한 쉼표가 되어 줄 테니까.

자신을 춤추게 하라

살아갈 만한 세상이란 멀리 있는 게 아니란다. 거창한 성공이나 인생을 뒤흔드는 특별한 사건이 있어야만 삶이 충만해지는 것도 아니지. 오히려 하루를 견디고, 다시 한 걸음 내딛게 하는 힘은 아주 조용하게 **네 마음 안에서부터** 시작돼. 네가 즐거워하는 것, 네가 좋아하는 것, 그리고 네 스스로에게 건네는 따뜻한 시선이 삶을 붙잡아 주는 가장 큰 힘이란다. 바깥 환경이 아무리 좋아 보여도 마음이 굳어 있으면 세상은 여전히 차갑고, 반대로 가진 게 조금 부족해 보여도 마음이 따뜻하면 세상은 충분히 살아 볼 만한 곳이 되지.

그래서 가장 먼저 해야 할 일은 바로 **너 자신을 사랑하는 것**이야.

자기를 사랑하라는 말이 거창하게 들릴지 모르지만, 사실은 아주 소박한 일에서 시작된단다. 아침에 거울을 보며 "오늘도 상큼하게 가 보는 거야"라고 말해 주는 것, 하루가 끝났을 때 "그래도 오늘 여기까지 온 건 잘한 거야" 하고 스스로를 다독이는 것 말이야. 심리학자 에리히 프롬이 말했듯, "자기 자신을 사랑하지 못하는 사람은 타인도 진정으로 사랑할 수 없다"고 했단다. 자신에게 건네는 온기가 결국 삶 전체를 데우는 불씨가 되는 거지.

우리는 이상하게도 남에게는 한없이 너그러우면서, 자기 자신에게는 유난히 냉정해질 때가 있지. 작은 실수 하나에도 마음속에서 스스로를 몰아붙이고, 잠깐 흔들렸다는 이유만으로 "나는 왜 이 모양일까" 하고 자책하지. 하지만 더 나은 삶은 그런 채찍질에서 자라나지 않아. 오히려 나 자신에게 건네는 한마디의 격려, "**괜찮아, 다시 하면 돼**"라는 말이 내일을 살아갈 힘을 만들어 준단다.

살다 보면 누구나 넘어지고, 누구나 실수해. 그건 실패가 아니라 인간답게 살고 있다는 증거야. 그래서 애야, 무엇보다 **너 자신에게 용서할 권리**를 주렴. 오늘의 실수가 내일의 가능성까지 지워 버리게 놔둘 필요는 없어. 가끔은 "이 정도면 충분히 애썼어"라며 너 자신에게 작은 선물을 해도 괜찮단다. 따뜻한 차 한 잔, 잠시 멈춰 숨 돌리는 시간, 좋아하는 음악 한 곡이면 충분해. 그런 순간들이 쌓일수록 너는 서서히 '내 편'이 되는 법을 배우게 될 거야.

그리고 기억해야 할 게 있어. **네가 즐거워야 노래가 나오고, 네 마음이 가벼워야 춤이 시작된다**는 사실이야. 억지로 웃는다고 삶이 밝아지지는 않아. 하지만 네가 너 자신에게 다정해지기 시작하면, 마음은 조금씩 풀리고 몸도 자연스럽게 반응하지. 그 작은 움직임이 리듬이 되고, 그 리듬이 결국 네 삶을 춤추게 만드는 거야.

그러니 애야, 오늘만큼은 너 자신에게 한 발짝 더 다가가 보렴. 너를 웃게 만드는 일을 하나쯤 허락하고, 스스로에게 조금 더 친절해져 보렴. 아무도 대신해 줄 수 없는, 너를 다시 춤추게 할 첫 걸음은 결국 **네가 너를 사랑하는 순간**부터 시작되니까.

노래하라! 노래를

노래라는 건 사람이 가진 가장 자연스럽고도 오래된 표현 방식이란다. 기쁨의 순간엔 리듬을 타며 외치고, 슬픔의 시간엔 낮고 느린 선율로 마음을 달래지. 아기가 말을 배우기도 전에 먼저 흥얼거림부터 시작하는 것처럼, 노래는 인간의 본능에 가장 가까운 언어란다. 누군가 이런 말을 했지. **"말이 멈추는 곳에서 음악이 시작된다."** 그 말처럼 노래는 말로 다 담아 낼 수 없는 마음을 대신 전해 주는 존재야.

노래를 부르면 마음이 가장 먼저 밝아진다. 하루 종일 얽히고설켰던 생각들이 잠시 멈추고, 복잡했던 감정들이 한 호흡씩 풀려 가기 시작하지. 음정이 조금 틀려도, 목소리가 떨려도 전혀 상관없단다. 중요한 건 소리를 내는 그 순간이야. 어떤 날은 억눌린 감정을 노래로 쏟아내다 눈물이 나기도 하고, 또 어떤 날은 의미 없이 흥얼거린 허밍 하나가 기분을 단숨에 바꿔 놓기도 해. 그렇게 멈춰 있던 하루가 다시 천천히 흐르기 시작하는 거야.

혼자 부르는 노래도 충분히 소중해. 방 안에서, 차 안에서, 늦은 밤 산책길에서 조용히 부르는 노래는 그 자체로 너를 지켜 주는 작은 의식이 되지. 그 순간 너는 결코 혼자가 아니야. 노래가 옆에서 친구처럼 함께해 주고, 고요한 시간을 따뜻하게 채워 주거든. 가끔은 너 자신의 목소리에서 예상치 못한 위로를 받기도 하고, 스스로에게 "괜찮아"라고 말해 주는 용기를 얻게 되기도 해. 그래서 어떤 사람들은 말하곤 하지. **"가장 솔직한 응원은 내 목소리로 부르는 노래 속에 있다"고.**

어떤 때는 노래가 전혀 예상하지 못한 문을 열어 주기도 해. 그냥 흥얼거리며 시작했던 노래가 취미가 되고, 취미가 자신감이 되고, 그 자신감이 또 다른 길로 이어지기도 하지. 중요한 건 결과가 아니라 과정이야. 노래는 너를 너 자신에게 더 솔직하게 만들어 준다. 슬픔도, 기쁨도, 외로움도, 설렘도 노래 속에서는 숨길 필요 없이 그대로 흘러나올 수 있거든. 그래서 노래는 그 어떤 친구보다도 정직하고, 오래 곁에 머물러 주는 존재란다.

결국 노래는 인생의 가장 친근한 벗이라 할 수 있어. 힘들 땐 너의 어깨가 되어 주고, 기쁠 땐 함께 마음을 흔들며 웃게 만드는 벗이지. 자주 부를수록 더 편안해지고, 오래 함께할수록 서로를 더 잘 이해하게 되는 그런 친구 말이야.

그러니 애야, 망설이지 마라. 음이 조금 틀려도 괜찮고, 목소리가 특별히 좋지 않아도 충분하다. 노래는 잘하는 사람들만의 것이 아니라, 마음이 움직이는 모든 사람의 것이니까. 네가 부르고 싶은 순간이라면, 그게 바로 이유야.

그러니까 노래해라. 기꺼이, 마음이 시키는 대로. 그 한 곡이, 네 하루를 다시 생기 있게 만들어 줄 테니.

떠나라! 여행

애야, 여행이라는 건 참 묘한 힘이 있단다. 일상에서 한 발짝만 벗어나도 마음의 결이 달라지고, 생각의 속도가 느려지며, 잠시 잊고 지냈던 감정들이 하나둘 깨어나는 걸 느끼게 되지. 그래서 아침 햇살이 유난히 고운 날이라면, 그거 하나만으로도 떠날 이유는 충분하단다. 누군가는 이렇게 말했지. **"여행은 장소를 바꾸는 일이 아니라, 시선을 바꾸는 일이다."** 그 말처럼 여행은 몸보다 마음을 먼저 움직이는 일이란다.

바람이 부는 날도 마찬가지야. 창밖에서 나뭇잎이 흔들리는 소리가 이상하게 너를 부르는 것 같다면, 그 부름에 살짝 응해도 괜찮아. 여행은 큰 결심이나 거창한 계획에서 시작되는 게 아니란다. 마음이 '가 보고 싶다' 하고 아주 미세하게 흔들리는 순간, 그 작은 신호가 바로 출발점이지.

낯선 곳으로 향하는 건 언제나 설렘과 두려움이 함께하지. 하지만 그 두려움마저도 기분 좋은 떨림이 된단다. 가 본 적 없는 길, 본 적 없는 풍경, 처음 만나는 사람들… 그 모든 낯섦은 네 삶에 새로운 가능성을 열어 준다. 익숙함의 울타리를 벗어나 낯섦 속으로 들어가는 일은, 사실 너 자신에게 다가오는 가장 솔직한 도전이기도 해. 마치 처음 자전거를 배울 때처럼 말이지. 넘어질까 봐 무섭지만, 바람을 가르며 달리는 순간의 자유를 알기에 결국 페달을 밟게 되는 것처럼.

거룩한 유산

떠나면 많은 것들이 멀어지는 것처럼 보이지만, 사실은 더 가까워지는 것들도 있단다. 가족이 그렇고, 일상의 작은 행복들이 그렇지. 늘 당연하게 여기던 집의 불빛, 익숙한 목소리, 평범한 밥 한 끼도 여행이라는 거리를 사이에 두면 훨씬 또렷하게 보이고 더 소중해진다. 무엇보다 여행은 바쁜 일상 속에서 지쳐 숨어 있던 '너 자신'을 다시 만나게 해 준단다.

결국 여행은 '떠나는 일' 같지만, 사실은 '새로워진 마음으로 돌아오는 일'이란다. 넓어진 시야, 단단해진 마음, 조금은 가벼워진 발걸음으로 다시 네 자리로 돌아오게 하지. 새로운 풍경은 마음을 씻어 주고, 낯선 체험은 너를 다시 빚어 주며, 그곳에서 충전한 감정은 앞으로의 일상을 견뎌 낼 힘이 된다. 그래서 사람들은 여행을 다녀온 뒤, 똑같은 자리로 돌아와서도 전과는 다른 얼굴로 살아가게 되는 거야.

그러니 얘야, 너무 주저하지 말거라. 억지로 이유를 만들 필요도 없어. 네 마음이 끌리는 때가 있다면, 그 부름에 응하는 게 가장 자연스럽고 가장 건강한 선택이야. **"떠날 수 있을 때 떠나라"**는 말은 괜히 생긴 게 아니란다. 해가 지기 전에, 아직 네 마음속 빛이 환할 때 길을 나서렴.

그러니 지금 떠나거라. 너의 세계를 넓히고, 네 마음을 다시 깨워 줄 여행이 벌써부터 너를 기다리고 있을지 모른다. 그 길 끝에서, 조금 더 어엿한 너 자신을 만나게 될 테니.

지금 하라

애야, 오늘도 부모 된 마음으로 너에게 꼭 해 주고 싶은 말이 있어 이렇게 편지를 쓴다. 나이가 들수록 더 분명해지는 게 하나 있더구나. **지금 해야 할 일은, 결국 지금 해야 한다**는 사실 말이다. 사람은 늘 시간이 남아 있다고 착각하며 하루를 살아간다. "조금만 있다가", "내일이 더 나을 거야" 하며 미루다 보면, 결심은 식고 용기는 흐려져 버리지. 누군가 이런 말을 했지. **"내일은 가장 바쁜 날이다."** 미루는 습관은 그렇게 오늘을 조용히 빼앗아 간단다.

고마운 마음도 그래. 고마움은 머릿속에 오래 저장해 둘 수 있는 감정이 아니야. 막 피어난 꽃처럼, 가장 예쁠 때 꺾어 건네야 의미가 있지. 예전에 아빠도 고맙다는 말을 미루다 결국 전하지 못한 사람이 있었단다. 그 말 한마디가 그렇게 어려운 게 아닌데, 지나고 나니 오래 남는 건 아쉬움이더라. 그러니 애야, 고맙다는 마음이 들면 그 자리에서 바로 말해라.

떠나고 싶을 때도 마찬가지야. 사람들은 늘 "조금 더 준비되면", "형편이 나아지면"이라며 마음에 족쇄를 채우지. 하지만 떠나고 싶다는 건 지금의 네가 숨을 고르고 싶다는 신호야. 바람이 불 때 돛을 올리지 않으면, 배는 결국 제자리에 머물게 되지. 아빠가 보기로 늘 준비만 하다 결국 어디도 떠나지 못한 사람들이 적지 않았다. 반면, 용기 내어 훌쩍 떠났던 사람은 돌아와 전혀 다

거룩한 유산

른 눈으로 삶을 바라보더구나. 가고 싶다면, 완벽하지 않아도 지금 가라. 길 위에서 비로소 준비가 되는 경우도 많단다.

편지도 그래. 마음이 뜨거울 때 쓴 글이 가장 진짜야. 밤에 쓴 편지를 아침까지 붙잡고 있으면, 이성이라는 이름으로 그 마음을 지워 버리고 싶어질 때가 있지. 하지만 그 문장은 그 순간의 네가 가장 솔직하게 살아 있었다는 증거야. 그러니 쓰고 싶다면, 다 썼다면, 바로 보내라. 마음은 전달될 때 비로소 힘을 가진다.

사랑도 그렇다. 사랑은 기다려 주지 않는다. 표현되지 않은 사랑은 마음속에서 방향을 잃고, 때로는 후회라는 이름으로 남는다. "그때 말할걸"이라는 문장은 생각보다 무겁단다. 네 마음이 지금 뛰고 있다면, 그게 바로 말해야 할 때다. 사랑은 용기 있는 현재형일 때 가장 아름답다.

애야, 삶은 거창한 날들로 이루어져 있지 않다. 대부분은 아주 짧고 평범한 '지금'의 연속이란다. 우리가 확실히 붙잡을 수 있는 시간은 과거도, 아직 오지 않은 미래도 아니야. 오직 이 순간뿐이지.

그러니 할 수 있다면 **지금** 해라. 지금 말하고, 지금 움직이고, 지금 사랑해라. 아빠는 살면서 그 단순한 진리를 너무 늦게 배웠다. 같은 후회를 너에게만큼은 남기고 싶지 않아서, 오늘 이렇게 힘주어 말해 주고 싶다.

물처럼 바람처럼

애야, 살다 보면 마음이 자꾸 딱딱해질 때가 있단다. 누가 무심코 던진 말 한마디에 오래 마음이 걸리고, 예상치 못한 일 앞에서 괜히 작아지고, 때로는 스스로 만든 생각의 틀 속에 스스로를 가둬 버릴 때도 있지. 그럴 때마다 아빠는 너에게 꼭 해 주고 싶은 말이 있어. **"물처럼, 바람처럼 살라"**는 말이란다. 처음엔 조금 막연하게 들릴지 모르지만, 살아갈수록 이 말이 얼마나 지혜롭고 현실적인 가르침인지 알게 되더라.

물을 한 번 떠올려 보렴. 물은 어떤 그릇에 담기든 그 모양을 거부하지 않고, 높은 데서 낮은 데로 자연스럽게 흐르지. 길이 막히면 억지로 부딪혀 자신을 깨뜨리기보다, 돌아가고, 스며들고, 기다릴 줄 안단다. 그래서 결국에는 바위를 깎고, 산을 지나 바다에 닿지. 노자가 말한 **상선약수(上善若水)**, 즉 **"가장 으뜸가는 선은 물과 같다"**는 말도 그래서 나온 거야. 물은 만물을 이롭게 하면서도 다투지 않고, 가장 낮은 곳으로 흐르며 세상을 품거든.

바람도 마찬가지야. 바람은 잡히지 않지만 결코 존재가 가볍지 않단다. 스치듯 지나가면서도 나뭇가지를 흔들고, 구름의 방향을 바꾸고, 계절의 문을 열지. 그렇다고 한곳에 머물러 자신을 묶어 두진 않아. 바람처럼 산다는 건, 필요할 때는 따뜻하게 불어 주고, 떠나야 할 땐 미련 없이 지나갈 줄 아는 삶이야. 누군가의 삶에 잠시 그늘이 되어 줄 수도 있고, 또 다른 누군가에게는

거룩한 유산

다시 걸어갈 힘을 건네는 미풍이 될 수도 있지. 하지만 애야, 바람은 결코 스스로를 다 소모하며 머물지 않아. 그것이 바람이 오래 자유로울 수 있는 이유란다.

물과 바람은 서로 다르지만 닮은 점이 하나 있어. 바로 **흐른다는 것**이야. 멈춰 있는 것처럼 보이는 하루 속에서도, 너의 마음과 생각은 조금씩 움직이고, 그 작은 움직임들이 쌓여 지금의 너를 만들어 간단다. 그래서 조급해할 필요도 없고, 당장 답을 찾지 못했다고 스스로를 몰아붙일 이유도 없어. 물이 결국 바다에 이르듯, 바람이 제 갈 길을 찾듯, 너도 너만의 자리와 속도로 가고 있는 중이니까.

내가 정말로 해 주고 싶은 말은 이거야. **네 방식대로 살아도 괜찮다**는 것. 남들보다 느려 보여도 괜찮고, 잠시 멈춰 쉬어도 괜찮아. 억지로 버티느라 너 자신을 다치게 하지 말고, 가끔은 마음의 짐을 바람에 실려 보내 보렴. 물은 물의 속도로 흐르고, 바람은 바람의 힘만큼 분다. 너에게도 너만의 리듬이 있단다.

오늘 하루가 유난히 무겁게 느껴진다면, 우선 숨부터 고르렴. 그리고 다시 천천히 흘러가면 돼.
물처럼 스며들고, 바람처럼 흩어지되, 끝내 너 자신을 잃지 않는 삶. 아빠는 네가 그런 삶을 살아가길, 누구보다 진심으로 바란단다.

즐기는 자가 이긴다

까르페 디엠(Carpe Diem)

애야, 오늘도 부모 된 마음으로 꼭 해 주고 싶은 이야기가 있다. 사람의 마음은 언제까지나 뜨거울 수는 없다는 것이다. 활짝 핀 꽃도 마냥 벌과 나비를 기다려 주지 않고, 한껏 달아오른 가슴도 영원히 같은 열정을 품고 있을 수는 없어. 지금은 무엇이든 할 수 있을 것 같아도, 시간은 생각보다 빠르게 흘러가 버린다.

달궈진 무쇠도 가장 단단해 보이는 순간에 서서히 식어 가고, 하늘에 뜬 무지개도 모두가 볼 때까지 기다려 주지는 않아. 아름다운 청춘 역시 붙잡고 싶다고 오래 머물러 주지 않고, 준비가 끝날 때까지 기다려 주지도 않지. 그래서 삶은 늘 조용히 속삭인단다. **"지금이 아니면 늦을지도 모른다"고.**

살다 보면 너도 자주 망설이게 될 거야. 조금 더 여유가 생기면, 상황이 나아지면, 마음의 준비가 끝나면 하겠다고 말이지. 하지만 손을 내밀어야 할 순간에 내밀지 않으면, 그 손은 결국 허공만 붙잡게 된다. 바람이 불 때 연을 날리지 않으면 연은 하늘을 모른 채 땅에만 머물고, 물이 들어올 때 배를 띄우지 않으면 그 기회는 좀처럼 다시 오지 않거든.

그래서 고대 로마의 시인 호라티우스가 남긴 말이 있지. **"까르페 디엠(Carpe Diem), 현재를 붙잡아라."** 이건 내일을 포기하라는 말이 아니라, 오늘을 허투

거룩한 유산

루 보내지 말라는 뜻이란다. 내일은 오늘을 살아낸 사람에게만 의미가 있다는 걸 그는 알고 있었던 거야.

사랑도 마찬가지다. 마음이 있으면서도 표현하지 않으면, 그 사랑은 전해지지 않는다. 고맙다는 말, 보고 싶다는 말, 미안하다는 말은 그 순간에 해야 힘이 있어. 그래서 이런 말이 마음에 남는다.
"오늘 사랑하지 않으면, 내일은 사랑할 수 없다."
사랑은 미루는 계획이 아니라, 지금 내미는 손길이니까.

현재의 삶에 충실하라는 말은 거창한 꿈을 버리라는 뜻도 아니다. 지나간 어제는 붙잡을 수 없고, 오지 않은 내일은 아직 네 것이 아니다. 우리가 온전히 가질 수 있는 시간은 오직 지금 이 순간뿐이다. 오늘의 작은 선택과 태도가 내일의 방향을 만든다. 음식을 먹을 땐 맛을 느끼고, 사람을 만날 땐 마음을 다해 마주 하고, 쉬는 순간엔 죄책감 없이 숨을 고르는 것. 그렇게 현재를 성실히 살아 내다 보면, 미래는 어느새 너의 발걸음을 따라오게 된다.

그러니 오늘 네 마음이 조금이라도 움직인다면, 너무 재지 말고 한 걸음 내디뎌 보렴. 말하고 싶으면 말하고, 잡고 싶으면 손을 내밀고, 떠나고 싶으면 길을 나서거라. 오늘이라는 시간은 짧고, 다시 오지 않으니까.

거룩한 유산

ⓒ 오석원, 2026

초판 1쇄 발행 2026년 2월 18일

지은이   오석원
펴낸이   이기봉
편집   좋은땅 편집팀
펴낸곳   도서출판 좋은땅
주소   서울특별시 마포구 양화로12길 26 지월드빌딩 (서교동 395-7)
전화   02)374-8616~7
팩스   02)374-8614
이메일   gworldbook@naver.com
홈페이지   www.g-world.co.kr

ISBN   979-11-388-5431-3 (03810)